KB177292

너의
그림자마돈

너의 그림자라도

ⓒ김진형, 2024

초판 1쇄 발행 2024년 9월 23일

지은이 김진형
펴낸이 김혜선 **펴낸곳** 서유재 **등록** 제2015-000217호
주소 (우)04034 서울 마포구 잔다리로7길 18(서교동 377-20) 504호
전화 070-5135-1866 **팩스** 0505-116-1866 **대표메일** seoyujaebooks@gmail.com
종이 엔페이퍼 **인쇄** 성광인쇄

ISBN 979-11-89034-89-4 43810

바일간 020

너의 그림자라도

김진형 연작 환상소설

서유재

차례

프
롤
로
그

—

나머지 조 아이들

종례가 끝나자 아이들이 삼삼오오 교실을 빠져나갔다. 서은중학교 1학년 7반 교실에는 이제 다섯 명의 아이들만 남아 있었다. 동네의 유적지를 조사하는 사회 수행평가에서 조를 짜지 못해, 일명 나머지 조가 된 아이들이었다. 들어가고 싶은 조에 속하지 못했든, 스스로 어디에도 들어가고 싶지 않았든, 어쨌든 선택 받지 못한 아이들이었다.

아이들의 얼굴에는 저마다 복잡한 감정이 짙게 드리워져 있었다. 창가 자리에 앉아 멍하니 창밖을 내려다보는 윤슬, 눈밑에 다크서클을 달고 떨어지려는 눈꺼풀을 겨우 붙잡고

있는 수영, 핸드폰을 두드려 대느라 정신없는 지우, 조심스럽
게 눈알을 굴리며 아이들을 살피고 있는 연아. 그때 책상에
아무렇게나 널브러져 있던 귤희가 벌떡 자리에서 일어나 정
적을 깼다.

"그깟 수행평가 빨리 해치워 버리자."

흩어져 있던 아이들의 눈이 동시에 귤희에게로 향했다. 귤
희는 보란 듯 책가방을 둘러메고 성큼성큼 교실을 나섰다.
나머지 아이들도 밍기적거리나 싶더니 이내 교실을 빠져나
갔다.

가장 먼저 교문을 나온 귤희가 빠른 걸음으로 앞장섰다.
뒤따라오는 아이들을 의식한 듯 혼잣말 아닌 혼잣말을 중얼
거렸다.

"이럴 줄 알았으면 그냥 아무 조에나 들어갈걸. 하필 제일
먼 이호 고택에 갈 게 뭐야."

귤희의 말에 여기저기서 낮은 한숨들이 뒤따라 터져 나왔
다. 그 와중에 수영이 늘어지게 하품을 하며 중얼거렸다.

"하아…… 빨리 끝내고 학원 가야 하는데."

"학원은 너만 다녀?"

손에 쥔 핸드폰을 노려보고 있던 지우가 뾰족하게 수영의 말을 맞받아쳤다. 수영이 멋쩍게 찔끔 나온 눈물을 훔쳐 냈다. 책가방 끈을 만지작거리던 연아가 기어들어 가려는 목소리를 겨우 끄집어내 말했다.

"저기…… 버스 타고 가면 어때?"

다섯 명의 아이들은 아무 말 없이 버스 정류장 앞에 멈춰 섰다. 그때 시내버스 한 대가 다가와 섰다. 귤희가 버스로 달려가 기사에게 말을 붙였다.

"기사님, 이 버스 이호 고택 가요?"

기사는 대답 대신 고개를 까딱했다. 귤희는 얼른 뒤돌아 아이들에게 손을 흔들었다.

"빨리 타."

아이들을 태운 버스가 정류장을 출발했다. 다섯 명의 아이들은 누가 말하지 않았는데도 버스 뒷좌석에 나란히 앉았다. 버스는 한참을 내달려 종점인 외진 공터에 멈췄다. 버스에는 아까 교실에서처럼 다섯 명의 아이들만 남아 있었다.

끼익.

기사가 뒷문을 열어 둔 채 버스에서 내렸다. 쭈뼛대던 아이들이 하나둘 버스에서 빠져나왔다. 연아가 종점에 세워져 있는 정류장 표지판을 올려다보았다. 녹슨 표지판에 흐릿하게 쓰인 글씨가 보였다.

"이호 고택."

"그걸 누가 몰라?"

이번에도 한껏 예민해져 있는 지우의 목소리였다. 연아의 어깨가 흠칫 움츠러들었다.

후드득.

순간 하늘에서 빗방울이 떨어져 내렸다. 아이들이 고개를 꺾어 하늘을 올려다보았다. 모두 갑작스럽게 시작된 비에 당황한 표정이 역력했다. 귤희가 점퍼에 붙어 있던 모자를 뒤집어쓰고 빠른 걸음으로 앞장서 걷기 시작했다.

책가방으로 머리를 가린 아이들이 귤희를 따랐다. 공터를 벗어나자 한적한 산길로 이어졌다.

그때 부스럭 길가 수풀이 들썩였다. 아이들은 멈춰 서서 떨리는 눈으로 서로를 응시했다. 귤희가 얼음이 되어 버린 아이들을 놓아두고 한 발 한 발 수풀로 다가갔다. 수영이 귤희의 팔을 잡아 보았지만 귤희는 막무가내였다. 남은 아이들이 불안한 눈으로 귤희의 뒤를 좇았다. 수풀 앞에 멈춰 선 귤희가 비명 같기도 하고 탄식 같기도 한 소리를 냈다.

"어!"

아이들은 차마 움직이지는 못하고 고개만 쭉 뺀 채 귤희의 다음 말을 기다렸다. 한 김 빠진 목소리로 귤희가 말했다.

"뭐야. 고양이잖아."

말이 끝나기가 무섭게 지우가 후다닥 귤희 곁으로 다가갔다. 새하얀 털의 고양이 한 마리가 수풀 앞에 서서 새초롬하게 귤희를 올려다보고 있었다. 지우가 쪼그려 앉아 고양이의 눈동자를 들여다보았다.

"우아, 오드아이야."

"오드 뭐?"

심드렁한 귤희의 물음에 어느새 바짝 다가온 수영이 조곤조곤 대답했다.

"눈동자 색깔이 다르잖아. 오른쪽은 빨간색 왼쪽은 파란색. 보통 홍채 이색증이라고 하는데 유전자 돌연변이라고 볼 수 있지."

"칫! 이렇게 똑똑하신 분께서 수업 시간에는 왜 맨날 졸고

계시는지 몰라."

지우의 불퉁한 말에 수영은 입을 꾹 닫았다. 고양이가 눈동자를 굴려 지우와 수영을 번갈아 바라보다가 아무 일 없었다는 듯 산길을 따라 걷기 시작했다.

"야옹아. 너 혹시 이호 고택이 어딘 줄 알아?"

귤희의 말에 아이들이 작게 웃음을 터트렸다. 아이들은 누가 먼저랄 것도 없이 고양이 뒤를 따랐다.

얼마나 걸었을까. 돌로 쌓은 나지막한 담장 안으로 기와를 얹은 지붕이 보였다. 고양이가 훌쩍 담장 위로 뛰어올랐다. 고양이는 익숙한 듯 담장 위를 사뿐히 걷다 성큼 고택 안으로 뛰어내렸다.

제일 마지막에 도착한 윤슬이 고택 앞에 붙어 있는 '이호'라고 쓰여 있는 문패를 확인했다. 귤희는 살짝 열린 대문 사이로 서슴없이 몸을 밀어 넣었다.

"저깄다."

고양이가 담장 아래 서 있는 감나무 아래를 잰걸음으로 지나가고 있었다. 귤희의 말에 이끌려 아이들이 너도나도 고택 안으로 발을 디뎠다. 고양이는 숨바꼭질이라도 하듯 어딘가로 사라져 작게 울어 댔다. 아이들은 고양이의 울음소리를 따라 고택 마당을 가로질렀다. 시원한 대청마루 아래로 기다란 섬돌이 보였다. 교과서에서나 보았던 한옥 풍경이 눈앞에 펼쳐지다니, 책 속을 걷는 느낌에 아이들은 마음이 들떴다.

야아옹.

고양이의 울음소리가 점점 가까워졌다. 고양이는 마당 끝에 있는 돌계단 앞에 서 있었다. 아이들이 가까이 다가오자, 고양이가 기다렸다는 듯 계단을 밟고 고택 지하실로 내려갔다. 자연스레 아이들도 고양이를 따라 지하실로 향했다.

고양이는 빼꼼히 열린 지하실 문으로 쏙 들어가 버렸다. 맨 앞에서 열심히 고양이 뒤를 밟던 귤희가 주춤거렸다. 고양이가 들어간 어두운 지하실 문틈 사이로 반짝이는 새하얀 빛가루가 새어 나오고 있었기 때문이다. 아이들의 눈에 저마다 커다란 물음표가 걸렸다. 귤희는 홀리듯 지하실 문을 열어젖혔다.

"우아."

겁을 먹고 서 있던 아이들의 입에서 너나없이 탄성이 흘러나왔다. 컴컴한 지하실 한가운데 조형물 하나가 빛을 내뿜으며 놓여 있었다. 대략 높이가 1미터쯤 되어 보이는 삼각뿔 모양이었다. 환한 빛 가루는 바로 그 조형물에서 뿜어져 나오고 있는 것이었다.

귤희와 수영이 조형물 가까이 다가가 고개를 들이밀었다. 둘의 입이 동시에 벌어졌다. 조형물 안에는 정교하게 만들어진 집들이 있었고, 그 속에는 아주 작은 기계 인형들이 제각기 바쁘게 움직이고 있었다. 인형들은 섬세하게 깎고 색칠되어 얼핏 진짜 사람처럼 보였다.

"꼭 커다란 스노우볼 같아."

연아의 말에 아이들이 고개를 끄덕였다. 윤슬이 조형물 주변을 훑어보다가 아래쪽에 작게 적힌 한자를 발견했다.

萬佛山

수영이 한자를 손으로 짚어 읽어 내려갔다.

"만불산."

순간 어디선가 서늘한 바람이 불어와 아이들의 머리카락을 헝클어뜨렸다. 하지만 누구도 지하실에 바람이 분다는 걸

이상하게 생각하지 않았다.

바람은 만불산 꼭대기에 있는 종을 흔들었다. 종소리와 동시에 만불산이 한방향으로 돌기 시작했다. 아이들의 눈도 만불산이 움직이는 방향을 따라 움직였다.

그림자의 그림자

—

아라와 윤슬

윤슬은 교복을 입고 방 안에 있는 전신 거울 앞에 섰다. 유난히 울긋불긋한 이마 위로 앞머리를 내려 보았지만 비죽이 나온 화농성 여드름은 가릴 수 없었다. 윤슬은 자신의 모습이 영 마음에 들지 않는지 양미간을 잔뜩 찌푸린 채 한숨을 내쉬었다. 동그란 모양의 밴드를 여드름 위에 붙였다. 따끔했다. 답답했지만 여드름을 아라에게 보여 주는 건 싫었다.

점퍼를 껴입고 주머니에 손을 찔러 넣었다. 작은 인형 하나가 만져졌다. 순간 어제 고택에서 있었던 일이 또렷이 떠올랐다. 사회 시간 아라와 같은 조가 되지 못한 것 때문에 마음이 상해 있었다. 더구나 평소에 제대로 말 한마디 해 보지 않았던 아이들과 한 모둠이 되어 수행평가를 한다는 게 짜증 났다.

분명 그랬었는데.

이호 고택에 함께 갔던 아이들 사이에 비밀이 생겼다. 아이들은 누가 먼저랄 것 없이 만불산에서 인형을 하나씩 집어들었다. 누구도 잘못된 일이라고 말하지 않았다. 그냥 그 인형을 손에 넣고 싶은 마음뿐인 듯했다. 그건 윤슬도 마찬가지였다.

윤슬이 주머니 속 인형을 꺼내 들었다. 윤슬의 손 위에 놓인 인형은 어느 인형 발아래 붙어 있던 보잘것없는 그림자 인형이었다. 눈코입조차 제대로 보이지 않았지만, 검은 형체로 만들어진 그림자 인형에게 윤슬은 알 수 없는 동질감을 느꼈다. 윤슬은 그림자 인형을 손에 쥐었다. 딱딱한 인형의 감촉이 느껴졌다. 꿈이 아니었어. 윤슬은 인형을 주머니에 넣고 방을 나섰다.

현관을 나서려다 말고 윤슬이 안방 앞에 멈춰 섰다. 느슨하게 닫힌 방문 틈으로 누군가와 통화를 하는 엄마의 목소리가 비어져 나왔다. 오늘 점심 약속을 잡는 것 같았다. 그러고 보니 엄마의 목소리를 듣는 것도 참 오랜만이라는 생각이 들었다.

윤슬은 언제부턴가 엄마와 말을 하지 않게 되었다. 사춘기라는 누구나 다 아는 이유 때문이었을까. 아니면 별것 아닌 일로 뜻하지 않게 크게 다툰 후부터였을까. 자신에게 말을 걸지 않는 엄마가 편하다가도 문득 미친 듯이 신경이 쓰였다. 윤슬이 핸드폰을 꺼내 엄마에게 학교 간다는 톡을 남기고 집을 나왔다.

비가 온 다음이라 그런지 공기가 상쾌했다. 스마일 편의점으로 향하는 윤슬의 발걸음도 가벼웠다. 편의점 앞에 도착해 핸드폰으로 시간을 확인했다. 7시 50분. 아직 아이들이 몰릴 시간이 아니어서인지 편의점 앞은 한산했다. 스마일 편의점은 푸른 아파트 아이들이 학교를 갈 때 꼭 지나야 하는 곳이다. 푸른 아파트에 사는 아라가 편의점 앞을 통과할 시간까지 5분 정도 여유가 있었다.

윤슬이 핸드폰 액정에 비친 자신의 모습을 확인하며 앞머리를 정리했다. 여드름 위에 붙여 둔 밴드를 손가락으로 꾹

눌렀다. 저릿한 통증에 저절로 인상이 찌푸려졌지만 애써 입 꼬리를 한껏 끌어 올렸다. 그러고는 괜히 어깨에 닿을락 말락 한 머리카락을 손가락으로 배배 꼬기 시작했다. 이건 긴장할 때마다 나오는 윤슬의 버릇이었다. 오늘은 아라에게 말을 걸 수 있을까.

이렇게 단짝이 되고 싶은 아이를 만난 건 정말이지 오랜만이었다. 윤슬은 뭐든 남들보다 한 발짝씩 늦었다. 정신없이 오가는 아이들의 수다에 끼는 것도, 수업 중 선생님의 농담에 제때 웃는 것도, 윤슬에게는 쉽지 않은 일이었다. 익숙해지거나 미처 이해하기 전에 상황이 끝나 버리기 일쑤였다.

이에 윤슬은 자기 기분에 상관없이 그저 주변을 살피며 눈치껏 생활하기 바빴다. 그렇기에 항상 자기 마음보다는 남의 마음이 중요했다. 그렇게 온 신경을 다해도 윤슬에게 마음을 주는 친구는 좀처럼 생기지 않았다. 교실 안에서 가볍게 눈인사를 주고받는 아이는 있었지만, 팔짱을 끼고 화장실에 같이 갈 만큼 가까운 아이는 없었다.

중학교에 입학하던 날, 윤슬은 그야말로 초긴장 상태였다. 이런저런 걱정에 밤잠을 설쳤고, 그것 때문인지 이마에 몇 개

나 있던 여드름이 이마 전체로 번지고 말았다. 그렇지 않아도 작아진 마음이 더 쪼그라들었다. 서로를 탐색하느라 바쁜 아이들 사이에서 언제나처럼 고개를 푹 숙이고 외딴 섬처럼 앉아 있었다.

그때 누군가 윤슬의 등을 콕콕 찔러 왔다. 돌아보니 유난히 하얀 얼굴에 생머리를 길게 늘어뜨린 여자아이가 새초롬하게 윤슬을 쳐다보고 있었다. 여자아이는 작지만 또렷한 목소리로 말했다.

"저것 좀 주워 줄래?"

눈으로 아이의 손가락이 가리키는 곳을 따라갔다. 거기에는 뾰족하게 깎인 연필 한 자루가 떨어져 있었다. 윤슬이 얼른 연필을 주워 아이에게 건넸다. 그 순간 연필을 받아들고 활짝 웃던 아이의 얼굴이 윤슬의 마음으로 들어와 콕 박혀 버렸다. 누군가 자신에게 먼저 말을 걸어 주었다는 것이, 자신이 누군가에게 도움이 되었다는 사실이 윤슬을 한없이 들뜨게 했다.

"고마워. 난 김아라."

그렇게 무장해제 된 윤슬은 아라를 따라 함빡 웃었다. 그

날 이후로 슬쩍슬쩍 뒷자리에 앉은 아라를 살피는 일이 윤슬에게는 자연스러운 일상이 되었다.

아라는 그림을 무척 잘 그리는 아이였다. 가느다란 손가락으로 연필을 꼭 쥐고 작은 선들로 무엇이든 그려 냈다. 윤슬은 그림으로 모든 것을 표현해 내는 아라가 남다르게 느껴졌다. 아라는 아쉽게 예중에는 떨어졌지만, 열심히 해서 예고에 입학하는 게 목표라고 했다. 자신과는 다르게 뚜렷한 꿈이 있는 것도 멋있었다. 윤슬은 정말 아라와 친구가 되고 싶었다. 하지만 친구를 사귀는 일은 언제나처럼 윤슬에게 쉽지 않았다.

저만치에서 편의점을 향해 걸어오는 아라가 보였다. 아라 옆에는 초등학교 때부터 같은 아파트에 살고 함께 미술 학원에 다니는 옆 반 수지가 있었다. 윤슬이 물끄러미 수지를 바라보았다. 그간 아라와 친해지기 어려웠던 건, 어쩌면 아라 곁에 껌딱지처럼 붙어 있는 수지라는 존재 때문이었는지도 몰랐다. 그래도 포기할 수는 없었다. 윤슬은 허리를 곧추세우고 책가방 끈을 꼭 쥐었다.

아라의 얼굴에 옅은 미소가 걸려 있었다. 윤슬의 마음에 따스한 햇살이 내리쬐었다. 아라가 윤슬의 앞을 지나쳐 스마일 편의점 안으로 들어갔다. '안녕'이란 말이 윤슬의 목구멍까지 올라왔다가 금세 마음속으로 숨어 버렸다. 오늘도 실패였다. 먼저 인사하는 게 뭐가 그렇게 어렵다고. 윤슬은 자신을 책망해 봤지만 이미 아라는 눈앞에서 멀어지고 없었다. 윤슬은 편의점 유리창 너머로 아라가 삼각김밥을 고르는 모습을 지켜보았다.

아라는 오늘도 아침을 못 먹었나 보네.

윤슬은 크게 심호흡을 한 번 한 다음 편의점 문을 밀고 들어갔다. 딸랑. 편의점 문 위에 달린 방울 소리가 유난히 크게 들렸다. 수지가 뒤를 돌아 윤슬을 확인하고는 들으라는 듯 앙칼진 목소리로 말했다.

"이윤슬이야. 짜증 나."

수지는 윤슬과 아라가 친해지기라도 할까 봐 전전긍긍하는 아이였다. 저런 부류의 아이는 여자아이들 사이에서 넘쳐 났다. 친구를 빼앗기지 않기 위해 안간힘을 쓰는 아이. 사실 윤슬은 그런 수지가 아무렇지 않았다. 오히려 한편으로는 수지의 절박한 마음이 이해되기도 했다.

윤슬이 어물대는 사이, 아라가 삼각김밥 하나를 집어 들었다. 그건 아라가 제일 좋아하는 불닭 맛 삼각김밥이었다. 아라가 계산대로 향하자 윤슬은 쭈뻣쭈뻣 젤리들이 놓여 있는 곳으로 가서 젤리를 골랐다. 물론 윤슬의 신경은 온통 아라에게 향해 있었다.

계산을 마친 아라가 삼각김밥의 비닐을 뜯어 삼각형의 한쪽 끝을 입에 물었다. 붉은 양념이 아라의 입가를 물들였다. 가판대 너머로 아라를 지켜보던 윤슬의 입안에도 괜스레 침이 고이는 것 같았다. 아라는 아무 표정 없이 김밥을 우걱우걱 씹어 대다가 양쪽 볼을 한껏 부풀리고 입을 열었다.

"엄마가 해 준 밥을 먹은 게 언젠지 기억이 안 나."

수지가 바나나 우유에 빨대를 꽂아 아라에게 건네며 대답했다.

"너희 엄마 요리 엄청 잘하시잖아. 6학년 네 생일 파티 때 해 주셨던 떡볶이 찐으로 맛있었는데."

바나나 우유를 받아 든 아라가 빨대로 우유를 쭉 빨고 말을 이었다.

"요즘 우리 엄마 회사 일로 엄청 바빠. 집에서 요리 거의 안

해. 나 혼자 사 먹든가 시켜 먹지."

아라는 어느새 비어 버린 바나나 우유 곽을 쓰레기통에 집어넣고 편의점을 나섰다. 멀거니 서 있던 윤슬도 얼른 젤리 하나를 사서 아라 뒤를 따랐다. 쉬는 시간이면 자리에 앉아 혼자 그림을 그리던 아라의 모습이 떠올라 가슴이 시큰거렸다. 아라도 집에서 혼자였구나. 윤슬의 눈가가 뭉근하게 뜨거워졌다.

조회 시간 담임이 꺼낸 가을 현장 체험학습 이야기로 아침부터 교실은 들썩였다. 아이들은 벌써부터 버스에서 누구와 앉고 점심으로 무엇을 먹을지 달뜬 목소리로 떠들어 댔다. 윤슬은 습관처럼 아라를 돌아보았다. 웬일인지 아라는 그림도 그리지 않고 멍하니 창밖을 내다보고 있었다.

고개를 돌린 윤슬은 살짝 열려 있는 책가방 안으로 손을 밀어 넣었다. 스티커가 덕지덕지 붙어 있는 다이어리 하나가 만져졌다. 다이어리는 아라의 것이었다. 며칠 전 체육 시간에 우연히 줍게 되었는데 아라에게 돌려줄 기회가 없었다.

수업 시작종이 울렸다. 윤슬이 얼른 가방의 지퍼를 꼭 닫아 두었다. 혹시 자기를 보는 사람이 없는지 주위를 두리번거렸다. 그리고 아라에게 다이어리를 어떻게든 빨리 돌려줘야 겠다고 생각했다.

하지만 오늘도 윤슬은 학교가 끝날 때까지 아라에게 말을 걸지 못했다. 옆 반은 벌써 종례를 마쳤는지 수지가 교실 문 앞에서 아라를 기다리고 있었다. 둘은 언제나처럼 팔짱을 끼고 미술 학원으로 향할 것이다.

오늘은 다이어리를 꼭 돌려주려고 했는데.

윤슬은 마음과 달리 아라 앞에만 서면 입이 딱 붙어 버렸다. 이런 자신이 마음에 들지 않았지만 어쩔 수 없었다. 힘이 쭉 빠진 윤슬이 책가방을 메고 교실을 나섰다. 교실 문앞에서 있던 수지와 불편하게 시선이 얽혔다. 윤슬이 얼른 먼저 고개를 숙이고 모른 척했다.

윤슬은 학교를 나와 터벅터벅 걸었다. 핸드폰을 꺼내 들고 귀에 이어폰을 꽂았다. 어제까지 듣다가 멈춰 두었던 유튜브를 재생했다. 익숙한 목소리가 흘러나왔다.

"관계에서 더 많이 좋아하는 쪽이 언제나 약자입니다."

얼마 전 알게 된 인간관계 유튜버의 채널이었다. 윤슬은 요즘 틈만 나면 핸드폰으로 이것저것을 검색했다. 도통 알 수 없는 아라의 마음이 궁금했다. 유튜브에 들어가서 친구 잘 사귀는 법, 친구에게 매력 어필하는 법, 자연스럽게 말 거는 법 등등을 찾아보는 시간이 늘어 갔다. 인터넷 세상에서는 친구 관계에 박사인 사람들이 넘쳐났다.

"좋아하는 마음이 커지면 그 사람에게 잘 보이고 싶은 마음도 커지게 마련이죠. 당신이 그런 상태라면 혹시 실수라도 하게 될까 상대에게 말 걸기가 더 힘들어지는 게 사실입니다."

유튜버는 윤슬의 마음을 들여다보고 있기라도 한 것처럼 확신에 차 있었다. 아라를 향한 윤슬의 마음은 굳이 재어 보지 않아도 자신을 향한 아라의 마음보다 훨씬 크고 무거울 것이 분명했다. 그렇다고 속상해 하거나 손해라고 느낀 적은 단 한 번도 없었다.

"사람과의 관계는 시소와 같습니다. 평행을 유지하기가 굉장히 힘들죠. 언제나 어느 한쪽으로 기울기 마련이거든요."

윤슬은 자기도 모르게 고개를 주억거렸다.

윤슬의 발걸음은 자연스럽게 아라가 다니는 미술 학원 쪽으로 향했다. 8차선 도로를 가로질러 놓인 널따란 횡단보도 앞에 섰다. 초록 불이 깜박이다가 빨간 불로 바뀌었다. 길 건너로 미술 학원 건물이 보였다. 윤슬은 귀에서 이어폰을 빼 주머니에 넣었다.

"아, 놀러 가기 딱 좋은 날씨네. 진짜 학원 가기 싫다."

거짓말처럼 아라의 목소리가 들렸다. 윤슬의 몸이 저절로 아라가 있는 쪽으로 돌아갔다. 바로 옆에 수지와 팔짱을 끼고 있는 아라의 모습이 보였다. 수지가 먼저 윤슬을 발견하고는 아라의 팔을 자기 쪽으로 쭉 잡아당겼다. 윤슬은 괜히 민망해져 그만 고개를 푹 숙이고 말았다.

순간 윤슬 쪽으로 길게 드리워져 있던 아라의 그림자가 꿈틀대기 시작했다. 그리고 잠시 후 윤슬을 향해 손을 흔들었다. 윤슬은 놀라서 얼른 고개를 들고 아라를 확인했다. 아라는 윤슬을 보기는커녕 아예 수지 쪽으로 돌아서 있었다.

뭐지?

윤슬이 쿵쾅대는 마음을 진정시키며 다시 아라의 그림자를 내려다보았다. 이번에는 그림자가 윤슬에게 바짝 다가와 말을 걸었다.

- 안녕, 윤슬아.

윤슬은 커진 눈으로 재빠르게 주위를 살폈다. 주변은 아무 일도 없는 것처럼 평온했다. 가까이 있는 아라와 수지조차 그림자의 말소리를 듣지 못하는 것 같았다. 당황한 윤슬에게 다시 그림자가 말했다.

- 걱정하지 마. 내 말은 너에게만 들리는 거니까. 난 그림자 인형이야. 히힛.

그제야 생각났다. 윤슬이 떨리는 손으로 주머니를 뒤적였다. 어제 고택 지하실에서 가져온 그림자 인형이 손에 잡히지 않았다.

- 이제 내가 너를 도와줄게.

어쩐지 친절한 그림자 인형의 목소리가 위로가 되었다. 누군가 자신에게 먼저 손을 내민 게 언제였는지, 아니, 그랬던 적이 있기나 했는지. 윤슬의 마음이 복잡하게 뒤얽혔다.

윤슬은 곧 마음을 다잡았다. 달콤한 호의 뒤에는 항상 쓰디쓴 대가가 따랐다. 내밀었던 손을 잡았다가 그 손을 놓치고 더 힘들어졌던 적이 많았다. 생각이 거기까지 미치자, 윤슬은 그림자에게서 몇 발자국 뒷걸음질을 쳤다. 누가 봐도 지금 이 상황은 무언가 잘못된 게 분명했다.

아라의 그림자가 점점 늘어나 멀어지려는 윤슬에게 다가
섰다. 두려움에 윤슬의 머릿속은 새하얘졌다. 더 이상 뭔가를
생각할 겨를도 없이 몸을 돌려 내달리기 시작했다. 지금 아라
가 자신을 어떻게 볼지는 중요하지 않았다. 그저 이 말도 안
되는 상황에서 어서 도망치고 싶은 마음뿐이었다.

윤슬은 뒤도 돌아보지 않고 뛰었다. 학교 앞을 지나 좁은
골목을 내달려 장미 빌라 앞에 다다라서야 지친 다리를 멈춰
섰다. 손으로 무릎을 짚고 턱 끝까지 차오른 숨을 훅훅 뱉어
냈다. 방금 전 있었던 일이 아득하게 느껴졌다.

무거워진 다리를 끌고 장미 빌라 안으로 들어갔다. 윤슬은
빌라 계단을 오르며 자기도 모르게 구구단을 외웠다. 어렸을
때부터 두려움이 찾아오면 구구단을 외우곤 했다. 이일은 이,
이이는 사, 이삼은 육……. 어느새 윤슬의 머릿속은 숫자들로
꽉 채워졌다. 구단이 채 끝나기도 전 5층 집 앞에 도착했다.

심호흡을 크게 한 번 한 뒤, 현관문을 열고 집 안으로 들어
갔다. 현관 앞에는 여러 종류의 신발들이 꽉 들어차 있었다.
아까 점심 약속을 잡던 엄마의 전화가 기억났다. 점심 식사
장소가 윤슬의 집이었던 모양이다.

"어머, 딸 왔네."

"많이 컸다. 오랜만에 보는데, 아줌마한테 인사 안 해?"

윤슬은 시끌벅적한 아줌마들 사이를 뚫고 아무 말 없이 방으로 직행했다. 방문을 닫고 나니 웃음기를 머금은 엄마의 목소리가 뒤따라왔다.

"신경 쓰지 마. 갱년기가 사춘기 이긴다잖아."

깔깔대는 아줌마들의 웃음소리가 이어졌다. 아줌마들은 윤슬의 등장으로 잠시 산만해졌던 분위기를 다잡고 누군가를 험담하기 바빴다. 윤슬이 툭 고개를 떨구었다.

윤슬의 집에는 항상 사람들이 넘쳐났다. 하지만 윤슬은 늘 외로웠다. 문득 집에 혼자 있다고 했던 아라의 말이 떠올랐다. 윤슬은 처음에는 아라가 안쓰러웠지만, 어쩐지 지금은 그런 아라가 부러웠다. 누군가와 같이 있는데도 외로운 것보다는 그냥 혼자인 게 낫지 않을까.

꼬르륵. 윤슬의 배 속이 난리가 났다. 급식은 먹는 둥 마는 둥 했고 예정에 없던 달리기까지 더해진 끝이라 허기가 몰려왔다. 부엌으로 가서 뭐라도 먹을까 하다가 그만두었다. 아줌마들의 의미 없는 관심을 상대하느니 배고픔을 참는 편이 나왔다.

아 참, 젤리.

윤슬은 주머니에서 아침에 편의점에서 샀던 젤리를 꺼냈다. 젤리 봉지를 뜯어 망고 모양 젤리 하나를 골라 입에 넣었다. 망고 향이 입안에 확 퍼졌다. 의자에 몸을 기대고 비치 파라솔 아래에 누워 망고를 먹는 상상을 했다. 발아래로 밀려오는 파도가 보였다 사라졌다. 진짜 발끝이 간질거리는 것 같아 발가락을 꼬물거렸다.

체리 맛 젤리를 입안에 하나 더 넣고 모래사장에서 모래성을 쌓는 자신의 모습을 그려 보았다. 열심히 쌓아 올린 모래성을 뿌듯하게 바라보고 있는데 어느새 커다란 파도가 밀려와 모래성을 무너뜨리고 말았다. 윤슬의 텅 빈 마음처럼 어느새 젤리 봉지도 비어 있었다. 정신없이 꾸르륵대던 윤슬의 배가 이내 잠잠해졌다.

책가방을 열어 아라의 다이어리를 꺼냈다. 윤슬은 며칠 전 다이어리를 주운 후로 한 번도 펼쳐 보지 않았다. 왠지 그건 아라에 대한 예의가 아닌 것 같았다. 반짝이는 은색 다이어리 표지에는 스티커들이 다닥다닥 붙어 있었다.

윤슬은 망설이다 다이어리 첫 장을 넘겼다. 연필로 그려진 키가 큰 나무에 저절로 눈길이 멈췄다. 굵은 나무 기둥 위로 섬세하게 뻗은 가지들이 시선을 끌기에 충분했다. 가지에는 타원형의 각기 다른 모양의 나뭇잎들이 빼곡히 달려 있었다. 후 입바람을 불면 나뭇잎들이 파르르 흔들릴 것만 같았다. 윤슬이 손을 들어 나무를 쓸어 보았다. 고개를 파묻고 그림을 그리던 아라의 모습이 떠올랐다 사라졌다.

떨리는 손으로 다이어리의 다음 장을 넘겼다. 날짜별로 빽빽하게 적힌 글이 보였다. 이후 윤슬은 다이어리를 듬성듬성 넘기다 9월에 멈췄다. 6일이라고 쓰인 날짜 위로 커다란 케이크 하나가 그려져 있었다. 케이크 아래에는 '블링 펜 세트'라고 적혀 있었다. 아라가 이번 생일에 받고 싶은 선물을 적어 놓은 모양이었다.

블링 펜은 대형 서점에 있는 문구점에서만 파는 펄이 들어간 수입 펜이었다. 다꾸를 하는 아이들에게 꽤 인기가 있었다.

윤슬이 다이어리를 닫았다. 아라의 마음을 훔쳐본 것만 같아 미안해졌다. 서둘러 다이어리를 다시 책가방 깊숙이 넣고 가방을 잠갔다.

다음 날 아침 윤슬은 알람이 울리고 한참 뒤에야 눈을 떴다. 아라의 다이어리를 뒤적이다 밤늦게 잠든 탓이었다. 빠르게 교복을 입고 거울을 볼 새도 없이 방을 나섰다. 그러다 후다닥 다시 방으로 돌아와 책상 서랍에 모아 놓은 지폐들을 주머니에 쑤셔 넣었다.

집을 나와 정신없이 빌라 계단을 내려갔다. 어젯밤 내내 윤슬은 아라의 다이어리를 읽으며 생일 선물과 함께 다이어리를 아라에게 건네는 상상을 했다. 상상 속 아라는 윤슬에게 고마워하며 눈물까지 글썽였다. 윤슬의 마음에 구름 한 점 없이 밝은 해가 떴다.

어? 스마일 편의점 앞을 지날 때였다. 평소 등교 시간보다 늦은 시간이었는데, 아라가 서 있었다. 혹시 무슨 일이 있는 걸까? 윤슬은 걱정스러운 눈으로 아라를 살폈다. 아라 앞에서 언제까지 머뭇거릴 수만은 없었다.

윤슬은 아라의 다이어리가 든 책가방 끈을 양손으로 꼭 잡고 아라에게 다가갔다. 아라가 흔들리는 눈으로 점점 가까워지는 윤슬을 바라보았다. 지금이 기회였다. 윤슬이 땀이 찬 손을 교복 치마에 닦아 내며 작은 소리로 인사를 건넸다.

"안녕."

아라가 의아한 눈으로 윤슬을 보다가 획 고개를 돌려 버렸다. 혹시 목소리가 너무 작아서 못 들은 걸까. 윤슬은 목에 힘을 주어 보았지만 입술만 달싹거릴 뿐 아무 말도 나오지 않았다. 그렇게 한동안 둘 사이에 어색한 침묵이 흘렀다. 윤슬은 마음속으로 자신의 몸이 쪼그라들어 먼지처럼 사라지길 기도했다.

- 아유, 재수 없어.

순간 아라의 발끝에 매달려 있던 그림자에서 말소리가 들려왔다. 윤슬은 눈만 살짝 돌려 아라 앞에 기다랗게 누워 있는 그림자를 쳐다보았다. 어느새 차오른 눈물 때문에 눈앞은 온통 흐려져 있었다.

- 윤슬아, 너는 이런 애가 어디가 좋다고 단짝이 되고 싶은 거야? 사람이 말을 하면 대답은 해야 할 거 아니야. 자기가 잘났으면 얼마나 잘났다고. 흥칫뿡이다.

윤슬은 그림자 덕분에 쏟아지려던 눈물을 간신히 참을 수 있었다. 고마운 마음에 애써 입꼬리를 올려 웃어 보였다.

그때 수지가 헐레벌떡 달려왔다.

"아라야, 미안. 엄마가 늦게 깨워서⋯⋯."

"괜찮아, 괜찮아. 아침 못 먹었지? 이거."

아라가 손에 들고 있던 딸기 우유 하나를 수지에게 건넸다. 수지가 우유를 받아 들고 와락 아라의 팔짱을 꼈다. 아라와 수지는 함께 우유를 마시며 편의점 앞을 떠났다. 수지의 유난히 높은 웃음소리가 윤슬의 귀에 날카롭게 꽂혔다. 멍하니 아라의 뒷모습을 바라보고 있는 윤슬에게 누군가 말했다.

– 윤슬아, 또 보자.

바쁘게 아라를 뒤따라가던 그림자가 손을 흔들며 윤슬에게 인사했다. 윤슬도 그림자를 향해 살며시 손을 들어 보였다.

윤슬은 홀로 터벅터벅 학교로 향했다. 밀어내려고 해도 머릿속에는 자신에게 차갑게 고개를 돌리던 아라의 모습이 둥둥 떠다녔다. 도대체 왜 그랬을까. 도무지 답을 낼 수 없는 물음이 윤슬의 가슴에 무겁게 내려앉았다.

윤슬은 학교에 도착해서도 내내 마음이 불편했다. 몇 번 뒤를 돌아 아라를 살펴보았지만, 아라는 윤슬과 눈도 맞추지 않았다. 혹시 무슨 오해라도 있는 걸까. 상상은 상상을 더해 윤슬의 머릿속을 빽빽하게 메워 갔다. 물론 상상은 좋은 쪽이 아니라 나쁜 쪽이었다. 상상 속의 윤슬은 이미 아라에게 씻을 수 없는 잘못을 저지른 몹쓸 아이가 되어 있었다. 긴 한숨을 내뱉어 봤지만, 무거워진 윤슬의 마음은 조금도 가벼워지지 않았다.

너무 신경을 쓴 탓일까. 윤슬은 배가 살살 아파 왔다. 체육 선생님에게 이야기하고 아이들 무리에서 떨어져 운동장 벤치에 앉았다. 멀찌감치 피구 하는 아이들을 바라보았다. 햇살이 내리쬐는 운동장에서 아이들의 얼굴은 하나같이 환하게 빛나고 있었다.

그때였다. 아라가 공격하던 아이의 공에 배를 세게 맞고 말았다. 배를 움켜쥔 아라는 선생님의 지시에 따라 윤슬이 앉아 있는 운동장 벤치 쪽으로 걸어왔다. 아라는 윤슬을 흘끗 보고는 멀찍이 떨어져 앉았다. 아라는 두 다리를 모아 그러안고 고개를 파묻은 채 꼼짝도 하지 않았다. 윤슬은 눈으로 아라를 살필 뿐 아무 말도 할 수 없었다. 아까 차갑게 자신에게 고개를 돌리던 아라의 모습이 아직 생생했다.

순간 아라의 그림자가 슬금슬금 윤슬에게 다가왔다. 그러더니 묻지도 않은 이야기를 시작했다.

– 쟤 지금 속상해서 저래. 얼마 전에 애지중지하던 다이어
리를 잃어버렸대.

'다이어리'라는 단어에 윤슬의 귀가 쫑긋 섰다. 윤슬이 관
심을 보이자 그림자는 더 신이 나서 속닥댔다.

– 아라는 다꾸에 목숨 건 애잖아. 스티커나 펜으로 다이어
리를 예쁘게 꾸미고 그걸 보는 게 유일한 낙이라고 하더라고.

어느 유튜버의 말이 생각났다. 사람은 누구에게나 자신만
의 숨구멍이 있다고 했다. 빡빡한 삶에 탈출구가 되어 줄 수
있는 그것. 아라에게 숨구멍은 다꾸였구나. 윤슬이 고개를 주
억거렸다. 윤슬은 자신에게 숨구멍은 무엇일까 생각하다가
물끄러미 아라를 바라보았다. 그림자가 갑자기 목소리를 낮
추어 읊조렸다.

– 이건 비밀인데 아라는 다이어리에 아무에게도 말하지
못한 속마음까지 적어 놓는다고 하더라고. 그런 다이어리를
잃어버렸으니 지금 얼마나 불안하겠어. 쯧쯧쯧.

윤슬은 진작 아라에게 다이어리를 돌려주지 못한 걸 후회
했다. 그렇다고 시간을 되돌릴 수도 없는 일이었다. 한시라도

빨리 다이어리를 돌려주어야겠다고 다짐했지만 자신이 없었다. 이런 윤슬의 마음을 아는지 모르는지 그림자가 한껏 들뜬 목소리로 말을 이었다.

- 있잖아, 윤슬아. 너에게 좋은 소식이 있어.

어두침침하기만 하던 윤슬의 마음에 반짝 불이 하나 켜졌다. 윤슬은 궁금한 마음에 살짝 그림자에게 다가가 앉았다. 그림자가 작은 목소리로 속닥거렸다.

- 아무래도 아라가 너에게 관심이 많은 거 같아. 수지랑 네 이야기를 꽤 많이 하더라고. 히힛.

뜻밖이었다. 혹시 그림자가 거짓말을 하고 있는 것은 아닐까. 하지만 아라의 그림자가 거짓말을 할 리 없었다. 언제 어디서건 아라와 붙어 있을 테니 아라의 마음을 누구보다 잘 알고 있을 것이다.

그림자의 말 덕분에 꽁꽁 얼어붙어 있던 윤슬의 마음이 사르르 녹아내렸다. 나쁜 상상은 사그라들고 아라가 자신을 좋아할지도 모른다는 희망이 부풀어 올랐다. 윤슬의 마음이 콩닥콩닥 뛰었다.

학교가 끝나자마자 윤슬은 버스 두 정거장 거리에 있는 대형 서점으로 향했다. 학교 앞에 있는 버스 정류장을 그대로 지나쳤다. 어차피 학원을 빠지기로 마음먹은 터라 시간은 충분했다. 버스비도 아끼고 시간도 보낼 겸 서점까지 걸어가기로 했다. 주머니 속에는 아침에 책상 서랍에서 챙겨 나온 지폐들이 있었다. 그동안 돈이 생길 때마다 쓰지 않고 조금씩 모아두길 잘했다는 생각이 들었다. 서점으로 향하는 윤슬의 발걸음이 점점 빨라졌다.

평일인데도 서점 안은 사람들로 북적댔다. 갑자기 윤슬의 몸이 굳어졌다. 사람이 많이 모여 있는 곳에서 윤슬은 괜히 긴장이 되었다. 혹시 아는 얼굴은 없는지 주변부터 살폈다. 어설프게 아는 아이를 만났을 때의 불편함을 최대한 피하고 싶었다. 분명 본 적이 있는데 모른 척해야 하는 어정쩡한 사이가 윤슬은 유난히 견디기 힘들었다. 다행히 서점 안에 아는 얼굴은 없었다.

책이 진열되어 있는 곳보다 문구류 코너에 사람들이 더 많이 몰려 있었다. 윤슬은 어깨를 맞대고 펜을 고르고 있는 사람들 사이를 겨우 비집고 들어가 블링 펜을 찾았다. 길쭉하고 투명한 통에 펄 잉크가 들어 있는 펜이 눈에 띄었다. 손을 뻗어 블링 펜을 쥐고 이리저리 살폈다. 반짝이는 예쁜 펜이 아라와 참 잘 어울린다는 생각이 들었다. 이 펜으로 글을 쓰고 그림도 그릴 아라의 모습을 떠올리니 저절로 흐뭇한 미소가 지어졌다.

윤슬은 얼른 펜이 꽂혀 있는 곳 아래에 적힌 가격을 확인했다. 펜은 예상보다 훨씬 비쌌다. 스무 가지 색 블링 펜 세트가 있는 곳은 아예 쳐다보지도 못했다. 굳이 가격을 확인하지 않아도 자신이 가지고 있는 돈이 턱없이 부족하다는 걸 알았기 때문이다.

윤슬은 한참을 서서 여러 가지 색의 블링 펜들을 손바닥에서 보았다. 간질간질한 펜 끝의 감촉에 몸이 배배 꼬였다. 아라가 좋아할 것 같은 세 가지 색을 골랐다. 살짝 올라간 눈꼬리가 아라를 꼭 닮은 고양이가 그려진 포장 봉투까지 사고 나니 주머니에 있던 지폐들은 모두 사라지고 없었다. 윤슬은 포장 봉투에 블링 펜을 담아 가방에 넣어 두었다.

주머니에서 핸드폰을 꺼내 손가락으로 화면을 두드렸다. 톡에서 아라의 이름을 검색했다. 프로필이 리본으로 포장된 선물상자로 바뀌어 있었다. 혹시 블링 펜을 벌써 선물 받은 건 아니겠지. 윤슬은 스멀스멀 피어오르는 불안함을 애써 밀어냈다.

서둘러 아라와의 일대일 대화창을 열었다. 대화창에는 윤슬이 보낸 메시지만 그득했다.

> 오늘도 힘내. 1
> 심심하면 언제든지 연락해. 1
> 너랑 진짜 친해지고 싶어. 1

오글거리긴 했지만 윤슬은 그렇게라도 진심을 표현하고 싶었다.

한참 쓰고 지우고를 반복하다가 아라에게 메시지를 보냈다. 하고 싶은 말은 많았지만, 꼭 필요한 단어만 남겼다.

> 생일 축하해. 1
> 너에게 줄 게 있어. 1
> 중요한 거야. 1
> 연락 부탁해. 1

윤슬은 서점을 나와 걸어왔던 길을 되돌아갔다. 바쁘게 올 때는 몰랐는데 길에는 포장마차들이 늘어서 있었다. 달콤 바삭한 붕어빵, 빨갛게 코팅되어 윤기가 흐르는 떡볶이, 단짠의 정석 닭꼬치까지. 평소라면 유혹을 이기지 못하고 발걸음을 멈췄겠지만, 윤슬은 포장마차를 빠르게 지나쳤다. 배는 고파도 아라에게 선물을 줄 생각에 왠지 마음만은 든든했다.

윤슬은 핸드폰을 꺼내 톡을 확인했다. 아라에게 보냈던 톡 옆에 숫자가 그대로 남아 있었다. 아직 학원인 걸까. 오늘은 꼭 줘야 하는데. 가방 속 생일 선물과 함께 아라의 다이어리가 떠올라 윤슬의 마음이 조급해졌다. 한 자 한 자 고민하며 다시 톡을 썼다.

생일 선물을 주고 싶어서 그래. 1

네 다이어리도 돌려주고.

띠링. 톡을 보내자마자 숫자가 없어지고 아라에게서 답장이 왔다.

학원 끝나면 7시야. 스마일 편의점 앞에서 봐.

　그렇게 받고 싶었던 답장이었는데 이상하게 윤슬의 심장은 덜컹 내려앉았다. 달리고 있는 것처럼 숨까지 가빠졌다. 서둘러 핸드폰 시계를 확인했다. 7시까지는 30분밖에 남아 있지 않았다.

　윤슬이 뛰기 시작했다. 그러고 보니 아라와 단둘이 학교 밖에서 만나는 건 처음이었다. 무슨 말을 해야 할까, 어떤 표정을 지어야 할까. 편의점에 가까워질수록 윤슬의 머릿속은 뒤죽박죽 엉망이 되었다.

　윤슬은 7시가 거의 다 되어서야 편의점 앞에 도착했다. 긴장되어 있던 다리에 힘이 풀려 편의점 앞 의자에 풀썩 주저앉았다. 다리가 욱신거렸지만 그런 것쯤은 신경 쓸 새가 없었다. 책가방을 의자 옆에 조심스레 벗어 두고 주변을 살폈다. 왁자지껄 떠드는 한 무리의 초등학생들이 편의점을 떠나고 난 후 주변이 고요해졌다. 윤슬은 어쩐지 자신의 거친 숨소리가 귀에 거슬렸다.

　어느새 어둠이 내려앉았다. 윤슬은 다리를 달달 떨며 구구단을 외웠다. 빨라진 심장 박동수는 좀처럼 줄어들지 않았다. 시계가 없는데도 윤슬의 귀에서는 째깍째깍 시계 초침 소리가 들리는 것만 같았다.

멀리 익숙한 실루엣이 보였다. 슬리퍼를 쓱쓱 끌며 걷는 아라의 발걸음 소리가 윤슬에게 가까워지고 있었다. 아라의 말간 얼굴이 보였다. 어둠 속에서 아라의 하얀 피부는 더욱 눈에 띄었다. 윤슬은 바쁘게 아라를 살폈다. 하지만 아라의 얼굴에서는 어떤 기분도 읽어 낼 수 없었다.

윤슬이 자리에서 일어나 어색하게 아라를 향해 손을 흔들었다. 아라는 손을 흔드는 대신 우뚝 멈춰 섰다. 아라 앞으로 길게 뻗은 그림자만이 윤슬을 향해 반갑게 손 인사를 해 주었다. 긴 한숨을 쉬고 윤슬이 천천히 발을 뗐다.

드디어 윤슬은 아라와 마주 섰다. 아라의 숨이 윤슬의 코끝에 와 닿을 정도로 가까운 거리였다. 그토록 기다려 온 순간인데, 왜인지 윤슬은 아라의 눈을 똑바로 쳐다볼 수 없었다. 아라도 입술만 달싹댈 뿐 말이 없었다.

윤슬이 두 주먹을 꼭 쥔 채 먼저 입을 열었다.

"아라야, 생일 축하해."

윤슬이 고르고 고른 말을 뱉고 아라의 대답을 기다렸다. 하지만 아라는 여전히 입을 꾹 닫고 있었다. 둘 사이에는 영영 끝날 것 같지 않은 침묵이 흘렀다.

윤슬은 허둥지둥 책가방을 열어 아까 포장해 둔 선물을 아라에게 건넸다. 순간 아라의 눈이 물기를 머금은 듯 반짝거렸다.

"생일 선물이야."

머뭇거리는 아라의 손에 윤슬이 선물을 쥐여 주었다. 얼떨결에 선물을 받아 든 아라가 떨리는 손으로 포장을 뜯었다. 아라가 선물을 보고 기뻐할 모습에 기대가 되기도 했지만, 선물과 함께 아라를 향한 자신의 속마음이 드러날 것 같아 부끄러워지기도 했다. 긴장감에 윤슬이 입술을 잘근잘근 씹어 댔다. 포장 속 블링 펜을 확인한 아라의 눈동자가 심하게 출렁거렸다.

"네가 어떻게……."

아라는 당황했는지 말끝을 흐렸다. 어서 아라에게 설명해야 했다. 윤슬은 허둥지둥 가방에서 아라의 다이어리를 꺼냈다.

"이거 네 거 맞지?"

다이어리를 확인한 아라가 손에 들고 있던 블링 펜을 바닥에 내팽개쳤다. 그러고는 윤슬의 손에 들려 있던 다이어리를 뺏어 들었다. 순간 아라의 손톱에 쓸려 윤슬의 손등에 생채기가 났다. 제법 깊게 스쳤는지 금세 빨갛게 부풀어 올랐으나 윤슬은 상처 따위 신경 쓰이지 않았다. 되려 땅바닥을 나뒹구는 블링 펜에서 눈을 뗄 수 없었다. 아라를 향한 자신의 마음도 블링 펜처럼 팽개쳐진 것만 같아 비참했다. 아라의 앙칼진 목소리가 들려왔다.

"역시 너였어. 네가 내 다이어리 훔쳐 간 게 맞았어!"

아라의 말은 사실이었다.

며칠 전 점심시간, 윤슬은 선생님에게 배가 아프다는 거짓말을 하고 교실에 혼자 남았다. 아무도 없는 교실에서 아라의 자리에 앉아 보고 싶었다. 처음에는 아라가 바라보는 창밖 풍경이 궁금했을 뿐이었다. 그런데 책상 서랍 밖으로 삐죽이 튀어나와 있는 아라의 다이어리를 보자 마음이 바뀌었다.

그렇게 윤슬은 아라의 다이어리를 훔쳐 자리로 돌아왔다. 아라의 마음도 이렇게 쉽게 얻을 수 있다면 얼마나 좋을까.

윤슬은 깊이 묻어 두었던 그날의 기억이 떠올라 쓸쓸하게 미소지었다.

"웃어?"

윤슬이 황급히 미소를 지웠지만 아라는 끝내 폭발하고 말았다. 아라의 입에서 윤슬이 절대 듣고 싶지 않았던 말들이 쏟아져 나왔다.

"내가 싫다고 했잖아. 학교에서 나를 따라다니는 것도, 무작정 우리 집에 찾아와서 초인종을 누르는 것도, 학원 앞에서 나를 기다리는 것도. 다 싫다고!"

아라에게 몇 번이나 들은 말이었다. 윤슬은 인정하고 싶지 않았다. 아니 인정할 수 없었다. 윤슬은 아라가 이렇게 좋은데, 아라는 그런 윤슬이 싫다니. 시간이 지나면 아라의 마음이 바뀔 수도 있을 거라 믿었다. 그래서 윤슬은 무작정 아라를 따라다녔다. 아라가 원하든 원하지 않든 아라에게로 뻗어 가는 자신의 마음을 멈추지 않았다. 조금만 더 가까이 다가가면 아라의 마음에 가 닿을 수 있을 것만 같았다.

"처음엔 불쌍했는데 이젠 소름 끼쳐. 네가…… 무섭고 진절머리 나! 흐흑."

아라의 눈에서 주르륵 눈물이 흘렀다. 한번 시작된 아라의 눈물은 쉬이 멈추지 않았다. 윤슬이 좋아하던 아라는 이런 모습이 아니었는데. 안타까움과 분노가 뒤섞여 윤슬의 마음속에 거친 소용돌이가 일었다. 씩씩대던 윤슬이 소리쳤다.

"너도 똑같아!"

윤슬은 이렇게 또다시 친구가 되고 싶은 아이를 잃었다.

순간 윤슬의 오른손 손가락 끝이 찌릿했다. 다리가 많이 달린 커다란 벌레 한 마리가 윤슬의 팔을 기어오르기 시작했다. 벌레는 팔꿈치를 지나 목덜미를 타고 윤슬의 등으로 기어들어 갔다. 윤슬은 손을 들어 목덜미를 박박 긁어 댔다. 윤슬의 손톱 밑에 새빨간 피가 맺혔다.

윤슬의 행동을 지켜보던 아라의 눈동자가 심하게 떨렸다. 순간 바닥에 누워 있던 아라의 그림자가 꿈틀대기 시작했다. 아라가 한 발 두 발 윤슬에게서 멀어지더니 그대로 등을 돌려 도망쳐 버렸다. 요동치던 아라의 그림자에서 무언가가 툭 튀어 올라왔다. 검은 형체는 순식간에 윤슬의 그림자로 옮겨 붙었다.

- 헤헤헤, 크크크, 낄낄낄.

윤슬의 그림자에서 기분 나쁜 웃음소리가 흘러나왔다. 순
간 차가운 기운이 윤슬에게 확 끼쳤다. 윤슬이 부들부들 떨며
두 팔로 몸을 감쌌다.

그때 나지막한 말소리가 들렸다.

- 윤슬아, 너도 봤지? 아라가 다이어리에 잔뜩 써 놓은 네
욕 말이야. 스토커, 미친X, 내 앞에서 사라져, 없어져, 죽어
버려.

윤슬이 고개를 흔들었다. 그림자가 윤슬의 마음을 다 안다
는 듯 태연하게 말을 이었다.

- 윤슬아, 나한테는 솔직해져도 되잖아. 나는 네 마음 다
이해한다고.

"나, 나한테 왜 이래……."

그림자가 작게 웃음을 터트렸다.

- 설마 벌써 포기하려는 거야? 시시하게 왜 이래. 아라도
처음엔 네가 쫓아다니는 걸 은근 즐겼다고. 울고불고하는 거
에 속지 마. 아이들의 마음은 하루에 수십 번도 더 변하는 거
잘 알잖아. 더 옴짝달싹 못 하게 아라 곁에 바싹 따라붙으라
고. 응?

윤슬은 더는 그림자의 말을 듣고 싶지 않아 두 귀를 막았다. 문득 편의점 유리창으로 자신의 그림자에 숨어 있는 무언가의 모습이 설핏 비쳤다. 그건 배시시 웃고 있는 윤슬의 얼굴이었다.

잔뜩 겁을 먹은 윤슬이 그림자에게서 도망쳤다. 하지만 얼마 가지 못하고 자기 다리에 걸려 넘어지고 말았다. 길게 늘어난 그림자가 어느 순간 윤슬에게서 뚝 떨어져 나갔다. 윤슬이 남긴 그림자 위에 그림자 인형이 놓여 있었다.

어둠 속에서 고양이 한 마리가 유유히 걸어 나왔다. 고양이가 빨간색 파란색 오드아이를 빛내더니 천천히 그림자 인형에게 다가갔다. 고양이는 망설임 없이 그림자 인형을 덥석 입에 물고는 다시 캄캄한 골목으로 사라졌다.

벌
처
럼

날
아

—

강이와 귤희

교문을 나온 귤희가 터벅터벅 걸어 학교 근처 공원에 도착했다. 산책길을 지나 공원 한가운데 자리한 호숫가 앞에 섰다. 요즘 귤희에게 이 순간은 가장 마음이 편한 시간이었다. 어떤 방해도 없이 멍하니 호수를 바라보았다. 마음을 가득 채우고 있던 복잡한 감정들이 서서히 가라앉았다.

귤희는 책가방을 벗어들었다. 가방을 열어 가방 안을 유심히 들여다보았다. 귤희의 시선 끝에 작은 인형 하나가 놓여 있었다. 귤희의 마음이 다시 시끄러워졌다. 귤희는 주위를 두리번댔다. 다행히 평일 오후 호숫가에는 귤희 말고는 아무도 없었다. 귤희가 가방 안에 놓인 작은 인형을 꺼내 들었다. 앙증맞도록 작은 크기이지만 엉덩이에는 뾰족하고 날카로운 침을 달고 있는 틀림없는 벌 인형이었다.

어제의 일이 또렷이 떠올랐다. 그렇지 않아도 요즘 학교에서 아무것도 하고 싶지 않았는데 친하지도 않은 애들과 사회 수행 평가를 해야 한다니, 귤희의 마음은 삐뚤어질 대로 삐뚤어졌다. 꾸물대는 아이들을 끌고 이호 고택에 갈 때까지만 해도 대충 숙제를 끝내고 싶은 생각뿐이었다. 고택 지하실에서 이 벌 인형을 만나기 전까지는 말이다.

수많은 인형들 중 귤희는 벌 인형에게서 눈을 뗄 수 없었다.

왜 하필 벌 인형이었을까.

조금 더 정확히 말하자면 벌 인형의 꽁무니에 달린 날카로운 벌침을 보는 순간 누군가가 떠올랐기 때문이다. 요즘 가장 자신의 신경을 긁는 사람, 바로 강이였다. 귤희는 끌리듯 벌 인형을 가지고 고택을 나왔다.

귤희가 왼손바닥 위에 벌 인형을 올려놓고 벌침에 오른손 검지를 가져다 댔다. 아야. 손가락에 금세 송골송골 핏방울이 맺혔다. 귤희는 잔뜩 양미간을 찌푸렸다.

이 모든 게 강이 때문이야. 아니, 소라 때문이기도 해.

강이는 귤희의 가장 친한 남자 사람 친구였다. 엄마들끼리도 친구여서 유치원 때부터 강이와 많은 시간을 함께 보냈다. 얼마 전까지만 해도 모든 게 자연스럽고 평화로웠다. 강이가 소라와 사귄다는 소문을 듣기 전까지는 말이다. 하필이면 소라는 중학교에 들어와 귤희가 처음으로 사귀게 된 단짝이었다. 둘이 사귄다는 소문으로 인해 귤희는 입장이 애매해졌다. 둘 사이를 아는 척하기도 그렇고 모른 척하기는 더 힘들었다.

강이와 소라를 떠올리자마자 참을 수 없는 분노가 부글부글 끓어올랐다. 둘은 왜 아무 잘못도 없는 자신을 괴롭게 하는 건지. 그때 귤희의 손바닥 위에 가만히 있던 벌 인형이 공중으로 붕 날아올랐다. 당황한 귤희는 벌 인형을 따라 눈알을 바쁘게 굴렸다.

벌 인형은 귤희의 코앞까지 날아왔다. 윙윙 소리가 무척 가깝게 들렸다. 귤희는 눈앞의 벌이 인형이라는 것도 잊은 채, 혹시 쏘이기라도 할까 더럭 겁이 났다. 초등학교에 다닐 때 화단에서 벌에 쏘여 앞이 보이지 않을 만큼 눈이 부었던 기억이 떠올랐다. 자신도 모르게 뒷걸음질 쳤다.

"와, 벌이다."

언제 나타났는지 엄마 손을 잡고 산책을 나온 아이가 벌을 가리키며 헤벌쭉 웃고 있었다. 귤희는 그제야 정신을 차리고 꼭 바쁜 일이 있는 사람처럼 책가방을 덜렁거리며 빠르게 걷기 시작했다.

공원을 완전히 빠져나온 후에야 후들거리는 다리를 멈추고 살짝 뒤를 돌아보았다. 다행히 벌 인형은 보이지 않았다.

귤희는 어깨를 축 늘어뜨리고 털레털레 대로변을 따라 걸었다. 딴생각에 빠져 걷다 보니 집으로 들어가는 골목을 지나쳐 강이네 편의점 앞에 도착해 있었다. 습관은 참 무서웠다. 그동안 귤희는 학교가 끝나고 강이네 부모님이 하는 편의점에 들려 강이와 함께 간식도 먹고 숙제도 하며 시간을 보냈다. 하지만 이제 강이네 편의점은 귤희에게 더 이상 편한 공간이 아니었다.

"이귤희."

소리 나는 쪽으로 고개를 돌렸다. 큰 키에 볕에 그을려 더 까무잡잡해진 강이가 서 있었다. 땀에 젖은 강이의 짧은 머리카락이 유난히 햇빛에 반짝거렸다. 강이는 학교가 끝나고 운동장에서 축구를 한 모양이었다.

사실 귤희는 공원으로 가기 전에 학교 담벼락에 서서 강이가 축구 하는 모습을 지켜봤다. 평소 같으면 운동장 벤치에서 큰소리로 강이를 응원했겠지만 요사이 귤희는 강이와 마주치는 게 어쩐지 불편하고 어색했다.

"너 오늘 영어 학원 왜 빠졌어?"

강이 뒤에 서 있던 소라가 빼꼼히 얼굴을 내밀었다. 귤희는 가까이 붙어 있는 강이와 소라가 신경 쓰여 자기도 모르게 얼굴을 확 구겼다. 머릿속에서 이런저런 생각들이 삐죽삐죽 솟아올랐다. 여자 사람 친구는 자신밖에 없다고 이야기하던 강이였는데 지금은 왜 소라와 함께인 걸까. 소라는 왜 학원에 가지 않은 자신에게 전화를 하지 않고 굳이 강이네 편의점으로 온 거지. 둘이 사귄다는 소문이 그저 소문이 아닐지도 모른다는 생각에 무게가 실렸다.

"소라가 너 걱정하느라 수업 하나도 못 들었대. 호숫가에 오리 보러 갔다 왔냐?"

세상 퉁명스러운 강이의 말투에 귤희는 말문이 턱 막혔다. 같이한 세월로 따지자면 자신과는 10년도 훌쩍 넘었고 소라와는 고작 채 1년도 되지 않았는데. 강이는 왜 소라는 걱정하면서 자신에게는 이토록 무뚝뚝하기만 한 건지. 귤희는 마음이 발밑으로 푹 꺼져 내려가는 것 같았다.

"왜 말을 못 해? 내 말이 맞지?"

강이가 재차 물었지만 귤희는 입이 딱 붙어 아무 말도 할 수 없었다. 대답 대신 괜히 어깨에 있는 책가방 끈만 만지작거리며 한쪽 발끝을 땅바닥에 콩콩거렸다. 강이에게 어떤 마음도 들키지 않으려고 얼굴에서 표정을 지우려 애를 쓰면서 말이다.

"그만해. 그러다 귤희 울겠다."

귤희의 얼굴을 살피던 소라가 손바닥으로 가볍게 강이의 어깨를 툭 치며 말했다. 순간 강이는 약간 상기된 얼굴로 뒤통수를 긁적였다. 소라는 강이의 어깨를 친 손을 얼른 등 뒤로 감추고 괜히 딴 곳을 쳐다보았다.

둘이 도대체 뭐 하는 거야.

소라와 강이 사이의 오묘한 공기에 귤희는 참을 수 없는 짜증이 치솟았다.

보자 보자 하니까 진짜!

그때였다.

부웅.

갑자기 나타난 벌 인형이 엉덩이에 붙은 날카로운 침을 세우고 강이에게 달려들었다. 강이가 손을 휘둘렀지만 벌 인형은 순식간에 강이의 목덜미를 콕 쏘고 달아나 버렸다.

"윽, 뭐야!"

강이가 벌 인형에 물린 목을 문질러 대며 투덜거렸다. 어느새 강이의 목덜미가 발갛게 부풀어 올랐다. 벌 인형은 귤희의 코앞을 맴돌다가 이내 사라져 버렸다. 놀란 마음도 잠시, 귤희는 통쾌한 기분이 들었다. 자기는 안중에도 없고 소라만 신경 쓰는 강이가 내내 얄미웠으니까.

따지고 보면 강이와 소라가 친해지게 된 건 순전히 귤희 때문이었다. 태어나서 14년째 옆집에 사는 남자 사람 친구 강이와 중학교 때 같은 반이 되면서 친해지게 된 소라. 강이는 3층에 있는 1학년 1반이었고 귤희와 소라는 4층에 있는 7반이었다. 그러니까 귤희가 아니었다면 소라는 절대 강이와 마주칠 일이 없었다. 더구나 강이 부모님이 하는 편의점에 소라를 데리고 다닌 것도 귤희였다. 소라는 푸른 아파트에 살아서 가까운 스마일 편의점에 주로 다녔다. 귤희가 아니었다면 소라가 이 동네 편의점에 올 일은 아예 없었을 것이다.

귤희가 불퉁한 눈으로 강이 쪽을 바라보았다. 강이는 별거 아니라며 걱정하는 소라를 안심시켰다. 하지만 소라는 안절부절못하며 눈물까지 그렁그렁 매달고 있었다. 귤희의 심장이 쿵쾅댔다. 여기서 둘과 계속 함께 있다간 귤희의 심장이 펑 터져 버릴 것만 같았다.

더 고민할 것도 없이 귤희가 강이와 소라 사이를 뚫고 집으로 내달렸다. 편의점 앞 대로변을 지나 동물병원을 끼고 돌아서 좁다란 골목 끝에 있는 집을 향해 뛰었다. 어렴풋이 강이가 자신의 이름을 부르는 소리가 들렸지만 돌아보지 않았다. 지금은 어떻게 해서든 둘에게서 멀어지고 싶다는 생각뿐이었다. 귤희는 파란색 대문 앞에 멈춰 섰다. 헉헉대는 귤희의 숨소리가 조용한 골목 안에 울려 퍼졌다.

겨우 숨을 고른 귤희가 혹시나 하는 마음에 뒤를 돌아보았다. 골목에는 귤희 말고는 아무도 없었다. 가슴으로 휑 찬바람이 지나갔다. 역시나 강이는 자신을 따라오지 않고 소라 곁에 있는 모양이었다. 귤희는 힘없이 몸을 돌렸다.

그때였다.

"너 나한테 뭐 화난 거 있어?"

강이였다. 귤희는 반가운 마음을 겨우 누르며 강이를 차갑게 쏘아보았다. 마음 같아서는 아무것도 모르면 가만히 있으라고, 네가 생각하는 그런 게 아니라고 퍼부어 주고 싶었지만 귤희의 입에서는 말은커녕 땅이 꺼져라 한숨만 새어 나왔다.

문득 귤희는 이런 상황이 억울해졌다. 처음부터 강이를 만나지 않았더라면, 자신은 왜 하필 강이 옆집에 살게 되었는지, 이 동네에 있는 하고많은 유치원 중에 어째서 강이와 같은 유치원에 다니게 되었는지, 그리고 강이 엄마와 자신의 엄마는 왜 그렇게 죽이 잘 맞고 난리였는지, 차라리 강이가…… 덜 괜찮은 아이였다면 좋았을 텐데.

귤희의 어깨가 축 늘어졌다.

"너 진짜 요즘 무슨 일 있어?"

귤희를 살피던 강이가 걱정이 그득 담긴 목소리로 물었다. 강이에게 소라와 어떤 관계인지 묻고 싶다가도 또 그 말을 절대 강이에게 하고 싶지 않기도 했다. 자신의 마음조차 제대로 알 수 없는 이 상황이 귤희는 그저 답답하기만 했다.

귤희의 눈가가 축축하게 젖어 들었다. 이건 강이에게 절대
보여 주고 싶지 않은 모습인데. 귤희는 돌아서 대문 비밀번호
를 눌러 댔다. 강이는 화가 난 듯 좀처럼 아무 말 없이 귤희를
지켜보기만 했다. 오늘따라 손가락이 제멋대로였다.

띠릭띠릭띠릭.

귤희의 다급한 마음은 내 알 바 아니라는 듯 비밀번호는
자꾸만 오류가 났다.

엄마는 도대체 어디 간 거야.

귤희는 뚫어져라 자신을 바라보는 강이의 눈빛을 피하며
초인종을 연신 눌러 댔다.

"너 나 무시하냐? 왜 대답을 안 해?"

강이의 눈썹이 무섭게 치켜 올라갔다. 저건 진짜 화가 났
다는 강이만의 신호였다. 귤희도 왜 강이 앞에만 서면 입이
딱 붙어 버리는 건지 모르겠다고 말하고 싶었다. 하지만 한편
으로는 자신의 마음을 누구에게도 말하고 싶지 않았다.

이러지도 저러지도 못하고 막막하기만 한 상태로 귤희가
다시 한번 비밀번호를 꾹꾹 눌렀다.

드디어 철컥.

열렸다.

귤희는 끝내 아무 말도 하지 못하고 대문을 열고 들어갔다. 강이를 피하기만 하는 자신이 싫었지만 지금은 어쩔 수 없었다. 귤희는 어긋나 있는 문틈 사이로 밖에 있는 강이를 살폈다.

언제 왔는지 강이 옆에는 소라가 서 있었다. 귤희가 대문에 바짝 붙어 틈에 눈을 대고 둘 사이를 지켜보았다. 소라가 강이의 귀에 작게 속닥였다.

"귤희랑 얘기 좀 해 봤어? 요즘 나한테는 통 아무 말도 안 해서 말이야."

잔뜩 올라가 있던 강이의 눈썹이 다시 제자리를 찾았다. 강이가 나긋한 목소리로 대꾸했다.

"얘기하고 싶지 않나 봐. 우리도 그럴 때 있잖아."

소라가 고개를 끄덕이다가 강이와 눈을 마주치고 해사하게 웃어 보였다.

"이럴 때 보면 너희는 굳이 말하지 않아도 서로를 이해하는 친구가 맞지 싶어."

소라의 입에서 나온 '친구'라는 단어가 귤희의 마음에 아프게 파고들었다. 소라가 자신과 강이는 친구밖에 될 수 없다고 단정하는 것 같아 속이 상했다. 그럼 너는 강이와 다른 사이가 될 수 있다는 거야 뭐야. 혹시 소라는 자신을 강이와 가까워지기 위한 수단으로 여긴 건 아닐까. 의심은 어느새 확신이 되어 순식간에 소라와 함께했던 시간을 와르르 무너뜨렸다. 불쑥 귤희의 마음에 화가 치밀었다.

위잉.

어디에선가 또다시 벌 인형이 날아왔다. 벌 인형은 한껏 침을 세우고 소라에게 날아갔다. 소라가 허둥지둥 벌을 피해 보았지만, 벌 인형은 정확하게 소라의 볼을 톡 쏘고 달아났다. 소라는 다급하게 손바닥으로 쏘인 얼굴을 가렸다. 어느새 소라의 볼이 불그스름하게 부어올랐다.

"소라야, 괜찮아?"

강이의 물음에도 소라는 아무 말 없이 손으로 볼을 가리기 바빴다. 소라가 인사도 없이 후다닥 자리를 떠났다. 강이도 엉거주춤 서서 소라의 뒷모습을 바라보다가 집으로 들어가 버렸다.

이내 어색해진 둘을 보고 있던 귤희의 입꼬리가 슬금슬금 올라갔다. 뻑뻑한 고구마를 먹다가 시원한 사이다를 마신 것처럼 기분이 상쾌해졌다. 귤희는 대문을 살짝 열어 보았다. 벌 인형이 의기양양하게 열린 문틈으로 날아들었다. 귤희의 주변을 빙빙 돌던 벌 인형은 귤희의 주머니 속으로 쏙 들어갔다. 귤희가 주머니에 손을 넣고 조심스럽게 벌 인형을 만지작거렸다. 주머니 속 벌 인형은 꿈쩍도 하지 않고 축 늘어져 있었다.

귤희가 가벼운 발걸음으로 집 안으로 들어갔다. 귤희 엄마는 이어폰을 끼고 핸드폰으로 드라마를 보느라 정신이 없어 보였다. 엄마가 잠잠한 걸 보니 다행히 귤희가 영어 학원에 빠졌다는 전화는 아직 오지 않은 모양이었다. 인사를 하는 둥 마는 둥 방으로 들어가려는데, 엄마가 귤희를 불러 세웠다.

"딸, 강이네 반찬 좀 가져다주고 와."

귤희는 고민할 것도 없이 단호하게 대답했다.

"싫어. 내가 왜!"

엄마는 그제야 핸드폰 화면에서 눈을 떼고 귤희를 바라보았다. 귤희는 엄마의 잔소리를 듣는 게 싫었지만 이대로 물러

설 수도 없었다.

엄마가 귀에서 이어폰을 빼고 자세를 고쳐 앉았다.

"너 강이랑 싸웠어?"

"……."

"아니면 왜 그러는데? 응?"

귤희는 지금 아무 말도 할 수 없었다. 어려운 수학 문제를 해설지도 없이 혼자 풀고 있는 느낌이었다. 어물거리다 그만 방으로 들어갔다. 엄마가 뒤쫓아왔지만 그냥 방문을 잠가 버렸다. 아무도 자신의 마음을 이해할 수 없을 것 같았다. 자기 자신조차도 말이다.

혼자가 되니 비소로 참고 참았던 눈물이 솟아올랐다. 14년 인생에 뭘 그렇게 잘못한 걸까. 귤희는 이런 상황이 속상하기만 했다. 한번 시작된 눈물은 멈추지 않고 끝도 없이 흘러내렸다. 가방도 벗지 못한 채 방바닥에 풀썩 주저앉아 훌쩍거렸다. 얼마 전 처음 샀던 핸드폰을 잃어버렸을 때보다 더 펑펑 눈물을 쏟아냈다.

다음 날 학교에서도 귤희의 마음은 불편했다. 자신과는 다르게 수업에 집중하고 있는 소라의 뒷모습이 눈에 거슬렸다.

쉬는 시간에 소라가 몇 번 귤희의 자리를 왔다 갔지만, 귤희는 일부러 모른 척했다. 점심시간에도 귤희는 서둘러 혼자 교실을 빠져나왔다. 소라, 강이와 함께 급식실에서 밥을 먹는 상상을 하는 것만으로도 속이 울렁거렸다.

귤희는 학교 뒤뜰 벤치에 앉아 집에서 챙겨 온 초콜릿을 한입 베어 물었다. 달콤한 첫맛과 달리 끝맛은 씁쓸했다. 우걱우걱 초콜릿을 씹으며 주머니에 손을 찔러 넣고 벌 인형을 만지작댔다. 그러다 뾰족한 침 부분에 손가락이 닿았다. 처음에는 아플까 겁이 났지만 어느새 가슬가슬한 벌침의 감촉에 익숙해졌다.

"여기 있었네. 한참 찾았잖아."

소라가 방긋 웃으며 귤희에게 다가왔다. 소라의 손에는 귤희가 제일 좋아하는 크림 빵 두 개가 들려 있었다. 귤희의 입안에 절로 침이 고였다. 하지만 얼른 침을 꿀꺽 삼켜 버리고 나지막이 혼잣말을 내뱉었다.

"저 빵을 산다는 핑계로 오늘 아침에도 강이네 편의점에 들렀겠지."

귤희의 입에서 벌침같이 뾰족한 말이 흘러나왔다. 귤희는 벤치에서 일어나 소라를 향해 걸어갔다. 소라 앞에 서지 않고 보란 듯 소라의 어깨를 툭 치며 지나쳤다. 소라의 신경질적인 목소리가 뒤따라왔다.

"귤희 너, 도대체 나한테 왜 그래? 문제가 있으면 말을 해."

귤희가 우뚝 섰다. 자신이 왜 그러는지 이유를 모른다는 소라의 말이 귤희를 잡아 세웠다. 소라의 얼굴을 빤히 쳐다보았다. 귤희가 강이와 같이 놀자고 제안할 때마다 부담스럽다며 번번이 거절한 소라였다. 언제부터 자신 몰래 강이와 친해진 걸까. 귤희는 괘씸한 마음에 소라에게 다시 고개를 돌려 버렸다.

"내가 너한테 뭘 그렇게 잘못했는데? 도망가지만 말고, 말을 좀 해 보라고!"

귤희는 천천히 소라를 돌아보았다. 소라의 얼굴이 싸늘하게 식어 있었다. 어디서부터 이야기를 해야 할까 말을 고르는 사이, 소라가 차갑게 쏘아붙였다.

"혹시 강이 때문이야?"

귤희의 심장이 쿵 내려앉았다. 소라가 당황하는 귤희의 얼굴을 살피다가 조심스럽게 다시 입을 열었다.

"강이랑 나는……."

갑자기 어딘가에 시선을 둔 소라가 머뭇거렸다. 귤희의 마음이 타들어 갔다. 소라의 다음 말이 미치도록 궁금했다가 혹시라도 듣고 싶지 않은 답을 듣게 될까 봐 초조해졌다.

소라가 손을 들어 귤희의 등 뒤에 있는 누군가에게 인사를 건넸다. 귤희도 돌아보았다. 강이가 축구공을 들고 이쪽으로 걸어오고 있었다.

"너희들 점심도 안 먹고 여기서 뭐 하는 거야. 설마 다이어트 그런 건 아니지?"

강이의 시답지 않은 농담에 웃는 사람은 없었다. 강이가 곁에 서자, 소라가 서운한 얼굴을 지우고 강이에게 장난을 쳤다.

"왜? 우리는 다이어트 좀 하면 안 돼?"

강이가 들고 있던 축구공을 괜히 소라에게 던지는 시늉을 했다. 소라가 놀란 척 피하며 웃음을 터트렸다. 귤희는 벙찐 얼굴로 소라와 강이를 번갈아 보았다. 복잡하고 힘든 자신과는 다르게 이 상황을 즐기는 듯한 둘에게서 참을 수 없는 배신감을 느꼈다. 귤희의 입에서 마음속 말이 튀어나왔다.

"싫어. 정말 싫다고!"

순간 귤희의 주머니 속에서 벌 인형이 날아올랐다. 벌 인형은 귤희의 귓가를 어지럽게 날아다녔다. 귤희가 손을 휘저으며 벌 인형을 쫓아내려고 했다. 하지만 벌 인형은 집요하게 귤희의 곁을 맴돌았다. 귤희가 더욱 세게 팔을 휘둘렀다. 그러다 팔이 나뭇가지에 쓸렸지만 멈추지 않았다. 이 모습을 걱정스레 바라보던 강이가 귤희의 팔을 잡았다. 귤희가 버럭 강이에게 소리를 내질렀다.

"저리 가. 가 버리라고. 나한테서 떨어지라고!"

강이가 놀라서 귤희의 팔을 놓았다. 소라도 깜짝 놀란 얼굴로 귤희를 살폈다. 벌 인형이 잠잠해지자 귤희가 정신을 다잡았다. 그 순간, 소라가 뜻밖의 말을 내뱉었다.

"미안해, 귤희야."

귤희는 혼란스러운 눈으로 소라를 바라보았다.

"내가 다 잘못했어. 그러니까 우리 그만하자."

귤희는 어이가 없었다. 방금 전까지 잘잘못을 따지며 자신을 몰아붙이던 소라가 강이 앞에서는 전혀 딴 이야기를 하고 있었다. 귤희의 마음이 다시 요동쳤다.

"재수 없어."

이번에도 귤희의 입에서 거침없이 속마음이 튀어나왔다. 소라는 당황했는지 얼굴이 새파랗게 질려 어쩔 줄 몰라 했다. 강이가 잔뜩 굳은 얼굴로 귤희를 노려보았다. 소라가 강이에게 다가가 작게 속삭였다.

"나는 괜찮으니까 귤희 좀 챙겨 줘."

귤희는 소라 때문에 순식간에 나쁜 사람이 되어 버린 것 같았다. 귤희의 마음에 분노가 들끓었다. 그때 다시 벌 인형이 나타났다. 침을 세운 벌 인형이 단박에 소라에게 달려들었다. 강이가 나서서 막아 보았지만 소용없었다. 벌 인형은 정확히 소라의 눈을 향해 날아들었다.

"아악!"

소라가 두 눈을 감싸고 주저앉았다.

귤희는 다시 주머니 속으로 돌아온 벌 인형을 꼭 쥐었다. 뾰족한 벌침이 손바닥에 닿았다. 귤희의 마음이 이상하리만치 편안해졌다.

점심시간 이후 귤희는 수업도 열심히 듣고 짝과 수다도 떨었다. 두 눈이 퉁퉁 부은 소라를 둘러싸고 호들갑을 떠는 아이들도 있었지만 그쪽은 아예 쳐다보지 않았다.

귤희는 학교가 끝나고 공원 호숫가로 향했다. 혼자 있고 싶었다. 공원을 가로질러 호숫가로 걸어 들어가는데 강이가 보였다. 눈치도 없이 두근대는 마음을 누르며 천천히 강이에게 다가갔다. 아까 잔뜩 굳어 있던 강이의 얼굴이 지금은 편안하게 풀어져 있었다.

"여기로 올 줄 알았지."

"……."

"알고 싶지 않은 것까지도 다 아는 사이잖아, 우리."

강이의 말에 귤희 마음의 빗장이 살짝 열렸다. 예전에 알던 강이로 돌아온 거 같아 왠지 반갑기까지 했다. 이제 무슨 말이든 할 수 있을 것만 같았다. 귤희가 입술을 달싹이는데 강이가 다시 말을 이었다.

"소라 괜찮은지 안 궁금해?"

또 소라.

귤희의 마음이 다시 꽝 닫혔다.

강이가 냉랭한 귤희의 표정을 살피다가 조심스럽게 물었다.

"너 소라한테 갑자기 왜 그러는 거야? 둘도 없는 친구였잖아.”

“그런 줄 알았지…… 그런데 이제 아니야.”

귤희가 단호하게 대답했다. 그건 사실이었다. 귤희는 소라에게서 완전히 마음이 떠났다. 강이가 있을 때와 없을 때 자신을 다르게 대하는 소라를 보고 그 마음은 더 확실해졌다. 더 이상 강이와 소라에 대해 이야기하고 싶지 않았다. 이제는 자신과 강이에 대해 말하고 싶었다. 하지만 강이 생각은 다른 것 같았다.

“그렇더라도 소라에게 사과는 해야지. 소라가 아까 네 말에 상처 많이 받았어.”

“…….”

“너 아까 그렇게 가 버리고 소라가 얼마나 운 줄 알아.”

우는 소라를 달래는 강이의 모습을 떠올리자 속이 뒤틀렸다. 귤희는 아무 말도 할 수 없었다.

“왜 대답이 없어. 내가 아는 너는…….”

“넌 아무것도 몰라.”

귤희가 강이의 말허리를 뚝 잘랐다. 어설프게 소라와 자신을 화해시키려는 강이의 말 따위는 더 들을 필요 없었다. 강이는 입을 꾹 다물고 한동안 아무 말도 하지 않았다.

파르르. 호수 위를 유유히 헤엄쳐 가던 오리가 땅으로 올라와 몸에 묻은 물기를 털어냈다. 강이가 고개를 돌려 오리를 쳐다봤다. 귤희는 오리에게 시선을 빼앗긴 강이를 바라보며 생각했다. 이렇게 엇갈렸던 거다. 소라라는 변수 때문에 굳건하던 강이와의 관계가 속수무책으로 흔들리고 만 것이다. 더 늦기 전에 되돌려야 한다. 귤희가 두 주먹을 꼭 쥐었다.

그때 강이 손에 들려 있던 핸드폰이 울렸다. 화면에 소라의 이름이 떴다. 강이가 전화를 받으려고 하자 귤희가 다짜고짜 소리쳤다.

"받지 마."

"어?"

"지금 나랑 얘기하고 있잖아."

"그래도……."

"네가 언제부터 그렇게 소라랑 친했다고 그래!"

"뭐?"

"둘이 정말 사귀기라도 하는 거야?"

귤희가 뒤늦게 자신의 입을 틀어막았다. 죽어도 입 밖으로 꺼내고 싶지 않았던 말을 내뱉고는 마음이 무너졌다. 다행인지 불행인지 강이는 더 이상 어떤 말도 하지 않았다. 길게 울리던 핸드폰 소리가 뚝 끊겼다. 강이가 길게 한숨을 내쉬고 짧게 말했다.

"나중에 이야기하자."

귤희가 멀어지는 강이를 물끄러미 바라보았다. 강이는 소라에게 가는 걸까. 떠오른 생각은 집요하게 귤희를 괴롭혔다. 꽉 쥐고 있던 귤희의 두 주먹이 부들부들 떨려 왔다. 귤희가 주머니에 손을 찔러 넣고 걷기 시작했다. 손에 벌 인형이 만져졌다. 있는 힘껏 벌 인형을 꽉 쥐었다.

집에 와서도 귤희는 아무것도 하지 못했다.

강이와 어디서부터 잘못된 걸까. 아무리 기억을 뒤져 봐도 강이와 좋았던 추억뿐이라 가슴이 먹먹해졌다. 이대로 강이를 빼앗길 순 없었다.

귤희가 점퍼를 입고 방에서 나와 다짜고짜 엄마에게 물었다.

"강이네 가져다주라고 한 반찬 어딨어?"

"냉장고에. 왜?"

엄마의 말이 떨어지기가 무섭게 귤희가 장바구니를 가져와 반찬 통을 주섬주섬 담았다. 엄마는 영문을 모르겠다는 얼굴을 하고 귤희를 바라보았다. 귤희는 급하게 신발을 꿰어 신고 집을 나섰다. 엄마의 잔소리가 뒤따라왔다. 하지만 귤희의 머릿속에는 더 늦기 전에 강이를 만나야 한다는 생각뿐이었다.

골목은 제법 어둑해져 있었다. 귤희는 대문을 나와 빠르게 옆집으로 향했다. 아직 강이를 만나지 않았는데도 심장이 두근대기 시작했다. 막상 강이 집 앞까지는 왔는데 초인종을 누르기가 힘들었다. 강이와 무슨 이야기를 어떻게 시작해야 할지 뒤늦은 걱정이 밀려왔다. 귤희는 그렇게 손가락을 꼼지락거리며 한참을 대문 앞에 서 있었다.

"귤희야, 안 들어가고 뭐 해?"

강이 엄마였다. 강이 아빠가 회사에서 퇴근하고 강이 엄마와 편의점 일을 교대한 모양이었다. 귤희가 허리를 숙여 인사하는데 강이 엄마가 무언가 생각난 듯 다시 말을 꺼냈다.

"맞다. 지금 집에 아무도 없어. 강이 오늘부터 큰길 건너편에 있는 논술 학원에 다니거든."

"논술 학원이요?"

"나는 너도 같이 가는 줄 알았는데. 네 친구 소라라는 애도 다닌다고 해서. 이제 거의 끝날 시간이야."

귤희는 강이 엄마가 채 말을 마치기도 전에 반찬이 담긴 장바구니를 건네고 골목을 내달렸다. 지금 강이와 소라가 함께 있을지도 모른다고 생각하니 조바심이 났다. 동물병원을 돌아 큰길을 내리뛰었다. 지나가는 사람들과 부딪혔지만 멈추지 않았다. 영영 강이를 놓쳐 버릴 것 같은 불안감이 귤희를 쉬지 않고 뛰게 했다.

강이네 편의점 앞을 지날 때였다. 편의점에서 커다란 쓰레기봉투를 들고나오는 강이와 마주쳤다. 귤희는 그제야 달리기를 멈췄다. 강이가 귤희를 발견하고 놀라 물었다.

"무슨 일 있어? 이 밤에 어딜 그렇게 뛰어가?"

귤희가 대답 대신 턱 끝까지 차오른 숨을 몰아쉬었다. 가쁜 숨은 잦아들었지만, 울렁이는 마음은 좀처럼 진정이 되지 않았다. 크게 숨을 들이쉬고 내쉬고를 몇 번 반복했다. 귤희의 대답을 기다리던 강이가 포기한 듯 쓰레기봉투를 들고 편의점 앞 길가로 향했다. 쓰레기를 내려놓은 강이는 아무 말

없이 돌아서서 편의점 문 앞에 다다랐다. 이제 더는 미룰 수
없었다. 귤희가 두 눈을 꼭 감고 소리쳤다.

"너 만나려고 왔어."

강이가 뒤돌아서서 되물었다.

"나?"

귤희는 고개를 끄덕였다. 강이는 발길을 돌려 귤희 앞에
와 섰다.

"그래, 할 말 있으면 해 봐."

귤희의 심장이 귀밑까지 올라와 뛰었다. 춥지도 않은데 온
몸이 덜덜 떨렸다. 막상 강이 앞에 서니 한껏 부풀었던 귤희
의 마음은 확 쭈그러들고 말았다. 어떤 말부터 꺼내야 할지
막막하기만 했다. 수많은 말들로 꽉 채워진 마음에서 한 가지
말을 골라내는 건 매우 어려운 일이었다.

시간이 흐를수록 강이의 얼굴도 점점 굳어 갔다. 귤희도
이런 자신이 답답해 미칠 지경이었지만, 여러 생각들이 귤희
를 옥죄었다. 강이가 긴 한숨을 내쉬고 입을 뗐다.

"내가 먼저 말할게."

"……?"

"내가 좋아한다고 고백했어. 소라한테."

"……!"

"아직 답을 듣진 못했지만."

"……."

"그러니까 소라한테 그러지 마."

귤희가 툭 고개를 떨구었다. 일순간 거리의 소음이 사라지고 정전이라도 된 듯 주변이 캄캄해졌다. 강이는 귤희의 대답도 듣지 않고 등을 돌렸다. 귤희는 멀어지는 강이의 운동화 뒤축을 바라보았다. 온갖 감정이 귤희의 가슴에서 소용돌이쳤다. 귤희는 그대로 땅바닥에 무릎을 꿇고 말았다.

순간 귤희의 점퍼 주머니 있던 벌 인형이 날아올랐다. 벌 인형은 한 치의 망설임도 없이 강이에게 돌진했다. 강이가 팔다리를 휘두르며 벌 인형을 막아 보려 했지만 소용이 없었다. 벌 인형은 거세게 강이를 쏘아 댔다.

귤희는 우두커니 벌 인형에게 당하는 강이를 바라보았다. 처음에는 자신의 마음 따위에는 상관없이 행복해 보이는 강이에게 상처를 주고 싶었다. 벌 인형은 귤희의 마음을 다 안다는 듯 귤희를 힘들게 한 강이에게 똑같은 아픔을 느끼게

해 주었다. 그런데 지금은 꼭 자신이 벌에 쏘여 상처투성이가 되어 가는 듯 아팠다. 쓰라렸다. 순간 귤희에게 서늘한 후회가 밀려들었다. 왜 서툰 자신의 감정이 상대방에게 상처가 될 수도 있다는 생각을 하지 못했을까. 그저 힘든 자신의 마음을 어서 알아봐 주기를, 그렇지 않다면 자신과 똑같이 아프기를 바랐을까.

귤희가 다리에 힘을 주고 겨우 일어섰다. 비로소 이 모든 것이 바로 자기 자신에서 시작되었다는 걸 깨달았다. 목에 힘을 주어 기어들어 가는 목소리를 기어이 끄집어냈다.

"그, 그만해!"

귤희의 말에 벌 인형이 힘을 잃고 바닥으로 툭 떨어졌다. 긴장이 풀린 강이도 그 자리에 주저앉고 말았다. 복잡한 감정들이 뒤엉켜 소용돌이치던 귤희의 마음이 이내 잔잔해졌다. 그제야 한 가지 감정이 분명하게 모습을 드러냈다. 귤희의 마음에도 목에도 단단하게 힘이 들어갔다. 귤희는 답답하게 자신의 심장을 짓누르고 있던 감정을 내뱉었다.

"널…… 좋아해."

귤희가 한 걸음 한 걸음 걸어가 쓰러져 있는 강이에게 손을 내밀었다. 강이는 귤희의 손을 뿌리치고 혼자 힘으로 일어섰다. 그리고 굳은 얼굴로 돌아서서 편의점으로 들어가 버렸다. 귤희가 맥없이 돌아서려는데 멀리 서서 자신을 보고 있는 소라와 눈이 마주쳤다. 소라는 황급히 몸을 돌려 귤희에게서 달아나듯 멀어졌다.

모든 게 끝이 났다. 개운할 것만 같던 귤희의 마음은 엉망진창이 되어 있었다. 눈물조차 나오지 않았다. 이제 누구에게 화를 내야 할지 갈피가 잡히지 않았다. 그 순간 땅바닥에 떨어져 있는 벌 인형이 눈에 들어왔다.

귤희가 저벅저벅 걸어가 벌 인형을 사정없이 발로 짓이겼다. 이 모든 게 너 때문이야. 귤희의 화가 벌 인형에게 향했다. 귤희는 발아래 있는 벌 인형이 산산조각 난 걸 확인하고서야 걸음을 돌렸다.

어스름이 깔리고 거리는 한산해졌다. 빨간색 파란색 오드아이를 가진 고양이가 길 끝에 나타났다. 고양이는 부서져 버린 벌 인형에게 다가와 정성스레 인형을 혀로 핥기 시작했다. 얼마 지나지 않아 부서진 조각들이 온전한 벌 인형의 모습으로 다시 돌아왔다.

고양이가 벌 인형을 입에 물고 어둠 속으로 사뿐사뿐 걸어
들어갔다.

꿈
속

그

아
이

—

예지와 수영

6교시가 시작되자마자 수영의 눈꺼풀이 내려앉기 시작했다. 사회 선생님의 느릿한 말투가 수영을 더 나른하게 만들었다. 다리를 주물러 보고 손도 쥐었다 폈다 해 보았지만 소용이 없었다. 급기야 수영의 머리는 앞으로 고꾸라졌다 되돌아오기를 반복했다.

"조수영, 학교에 자러 오니? 쯧쯧쯧."

수영은 날 선 선생님의 목소리에 겨우 정신을 부여잡았다. 수업이 끝나는 종이 울린 후에도 좀처럼 몽롱한 기분에서 헤어나올 수 없었다. 멍한 수영과 달리 반 아이들은 사회 수행평가 조를 짜느라 분주했다. 잠이 덜 깬 수영은 비몽사몽간에 나머지 조로 묶이게 되었다.

사실 오늘은 수학 학원에서 중요한 특강이 있는 날이었다. 특목고를 준비하는 학생들을 모아 원장 선생님이 직접 강의를 해 주는 시간이었다. 수영은 이런 사정을 제대로 설명하지 못한 채 분위기에 이끌려 이호 고택까지 가게 되었다.

마음이 무거웠던 것도 잠시, 고택 지하실에서 만불산을 본 수영은 마음이 달떴다. 수많은 인형 중 쏟아지는 빛 가루 안에서 곤히 자고 있는 잠자는 인형에게 눈을 떼지 못했다. 인형은 두 팔을 모아 그 위에 볼을 대고 엎드려 자고 있었다. 저렇게 편안하게 잠들 수 있다면. 수영은 잠자는 인형을 손에 쥐고 그대로 고택을 나왔다.

집에 도착하자마자 녹음기를 틀어 놓은 듯한 엄마의 잔소리가 수영을 현실로 데려다 놓았다.

"너 생각이 있는 거야, 없는 거야? 오늘 원장 선생님 직강은 돈 주고도 들을 수 없는 수업이라고!"

"알아요, 근데……."

"이러니 특목고에 가겠다는 애 성적이 그 모양이지. 지난

번 수학 경시 대회 점수 때문에 내가 얼마나 창피했는 줄 알아."

"그러니까 애들이……."

"다른 애들 놀 때 같이 놀면 어떡해. 친구는 지금이 아니어도 대학 가서 사귈 수 있다고 했지. 네가 명문대에 가면 저절로 따라오는 게 친구야."

"……."

"빨리 들어가서 숙제해. 오늘 학원에서 수업 못 들은 거 인강으로 듣고 다 풀고 자! 알았어?"

"……."

엄마의 말은 항상 이렇게 끝이 났다. 동의할 수 없었지만 더 이상 토를 달지는 않았다. 수영이 이런저런 이야기를 덧붙여 봤자 엄마의 똑같은 잔소리만 더 길어질 게 뻔했다. 엄마는 알 리 없겠지만, 아니 알고 싶지도 않겠지만 수영에게 침묵은 동의가 아니라 나름의 반항이었다.

엄마가 할 말을 다 쏟아내고 안방으로 들어가 버렸다. 그제야 수영도 방으로 들어와 책상 앞에 앉았다. 기계적으로 수학 문제집을 펼치고 동영상을 보며 문제를 풀어 나갔다.

수영이 수학을 좋아하는 이유는 단 하나였다. 풀 때 아무 생각도 들지 않는다는 것. 학교도 친구도 불안함도 미움도 수학 문제를 푸는 동안은 떠오르지 않았다. 복잡한 인간관계와 달리, 수학은 그저 숫자, 기호, 그래프, 도형 등을 이용해 딱 떨어지는 답을 구하면 되었다. 그 단순명료함이 좋았을 뿐이었다. 하지만 엄마의 기대는 전혀 예상치 못한 곳으로 향했다. 수학을 좋아하는 아이는 과학고에 가야 한다며, 엄마는 수영을 부담스럽게 밀어붙였다.

어느새 시간이 새벽 한 시를 훌쩍 지나 있었다. 수영은 수학 문제집을 덮고 긴 한숨을 내쉬었다. 숙제를 마치고 나니 무거웠던 마음이 조금은 가벼워졌다.

아! 수영이 허둥지둥 책가방을 열고 잠자는 인형을 조심스럽게 꺼내 들었다. 인형을 책상 한 켠에 놓아두고 물끄러미 바라보았다.

"부럽다."

수영이 뻑뻑한 눈을 껌벅이며 혼잣말을 내뱉었다. 서랍에서 인공 눈물을 꺼내 눈 안에 몇 방울 떨어뜨려 넣었다. 눈에 모래알이 돌아다니는 것 같던 통증이 서서히 잦아들었다. 크게 기지개를 켜고 그만 자리에서 일어났다.

교복을 잠옷으로 갈아입고 침대에 누웠다. 핸드폰으로 유튜브에서 잠 오는 에이에스엠알을 검색했다. 효과가 있는지는 잘 모르겠지만 이렇게 틀어 놓아야 마음이 편해졌다. 이불을 턱밑까지 끌어올린 다음 두 눈을 꽉 감았다. 머릿속으로 천천히 양을 세기 시작했다.

한 마리, 두 마리, 세 마리…….

어느 순간 수영을 둘러싸고 있던 양들이 사라졌다. 사방은 캄캄한 어둠뿐이었다. 멀리 누군가 방문을 열어 놓은 듯 한 줄기 빛이 비춰 들었다. 수영은 한 발짝 한 발짝 빛을 향해 다가갔다.

사각사각, 사각사각.

수영의 몸이 얼어붙기 시작했다. 발이 땅바닥에 붙어 떨어지지 않았다. 불길한 기운에 몸이 덜덜 떨렸다. 사실 수영은 이 꿈의 다음 장면을 알고 있었다. 사각거리는 연필 소리는 수영이 자주 꾸던 악몽의 시작이었다.

핀 조명 같던 얇은 빛줄기가 점점 굵어졌다. 드디어 그가

등장할 것이다.

다급해진 수영은 땅에 달라붙은 발을 떼어 내려고 안간힘을 썼다. 물론 소용없었다. 그걸 잘 알면서도 수영은 매번 꿈에서 몸부림을 쳤다. 시간이 지날수록 몸은 점점 더 굳어 갔다. 다리, 몸통, 그리고 팔까지. 이제 수영은 간신히 눈알만 굴릴 수 있었다.

드디어 검은 얼굴의 누군가가 나타났다. 그는 저벅저벅 걸어 수영에게 다가왔다. 수영이 두려움에 두 눈을 꽉 감아 버렸다. 곧이어 뜨거운 입김이 얼굴 가까이에서 느껴졌다. 수영은 온 힘을 끌어모아 보았지만 손가락 하나 까닥할 수 없었다. 심장만 무섭게 쿵쾅거렸다.

크악!

누구의 것인지 모를 괴성과 동시에 수영이 주문에서 풀린 듯 내달리기 시작했다. 방을 빠져나와 계단을 뛰어 내려갔다. 한 번에 서너 칸씩 아슬아슬하게 계단을 뛰어넘었다. 이 계단이 끝도 없이 계속된다는 걸 알았지만 달리기를 멈출 수 없었다. 이내 수영의 몸은 땀으로 축축하게 젖어 갔다. 제대로 숨도 내쉴 수 없을 만큼 지치고 나서야 언제나처럼 악몽에서 깨어났다.

　아직도 캄캄한 밤이었다. 침대에서 몸을 일으킨 수영은 불
도 켜지 않은 채 방 안을 돌아다녔다. 아무렇게나 벗어 두었
던 교복을 옷걸이에 걸고, 꼭 닫혀 있던 창문을 열어젖혔다.
순간 시원한 바람과 함께 환한 달빛이 쏟아져 들어왔다. 땀으
로 끈적하던 살갗이 어느새 보송해졌다. 불현듯 내일에 대한
걱정이 훅 수영을 덮쳐 왔다. 밤새 이렇게 있다간 내일도 학
교에서 졸 게 뻔했다. 물먹은 솜처럼 무거워진 몸을 돌리는데
책상 위에 있는 잠자는 인형에게 시선이 꽂혔다. 인형은 달빛
을 받아 유난히 반짝이고 있었다. 수영은 책상으로 다가가 인
형을 손에 집어 들었다. 그대로 침대로 돌아가 인형을 안고
누웠다. 어느 순간 말똥말똥하던 수영의 눈이 무겁게 툭 떨어
져 내렸다.

　"어서 일어나. 이러다 지각해!"

　엄마의 고성에 번뜩 눈을 떴다. 아침이면 깨질 것 같던 머
리가 웬일로 개운했다. 축 늘어져 있어야 할 몸도 가뿐했다.
이게 무슨 일이지? 설마 인형 때문에? 수영은 손에 쥐고 있던

잠자는 인형을 슬쩍 내려다보고는 혹시 엄마가 볼세라 슬며시 베개 밑으로 숨겼다. 수영의 얼굴에 기분 좋은 미소가 걸렸다.

"웃음이 나와? 어제는 학원 결석에 오늘은 학교 지각에. 너 진짜 어쩌려고 이래!"

엄마의 성화에 서둘러 등교 준비를 하면서도 수영의 마음은 즐거웠다. 악몽을 꾸면 뜬눈으로 밤을 지새우곤 했는데, 어젯밤에는 단잠을 잤다는 사실이 믿기지 않았다. 정말 인형 덕분이었을까.

수영은 학교에서도 달랐다. 점심을 먹고 5교시가 항상 고비였던 전과 달리 오늘은 끄떡없었다. 쉬는 시간에도 엎드려 자는 대신 아이들과 수다를 떨었다. 영어 학원에서도 어쩐 일인지 외운 단어가 모두 또렷이 기억났다. 덕분에 기분 좋은 만점을 받았다. 재시험을 봐야 하는 아이들의 부러움 섞인 눈길을 은근히 즐겼다.

엄마는 영어 학원 시험 결과를 문자로 확인하고는 아무 말이 없었다. 수영은 잔소리를 듣지 않고 무사히 방으로 들어올 수 있었다. 방문을 잠그고서 조심스럽게 베개를 들추었다. 잠자는 인형이 놓여 있었다. 수영의 입꼬리가 꿈틀꿈틀 올라갔다.

잠들어야 하는 시간이 두려웠던 지난날들과 다르게 수영은 잠자는 시간이 기다려졌다. 숙제를 서둘러 마무리하고 일찌감치 침대에 누웠다. 유튜브에서 잠이 오는 에이에스엠알 따위는 검색하지 않았다. 대신 베개 밑을 더듬어 잠자는 인형을 손에 쥐었다. 수영은 얼마 지나지 않아 까무룩 잠이 들었다.

캄캄한 방 대신 한낮의 놀이터였다. 중학생이 되고 놀이터에 가 본 적은 거의 없었다. 수영이 신기한 눈으로 놀이터 안을 훑어보았다. 앉아서도 타고 서서도 탔던 그네, 거꾸로 올라가기 일쑤였던 미끄럼틀, 쿵쿵 엉덩방아를 찧기 바빴던 시소까지. 놀이터는 예전 그대로였다. 하지만 아이들로 북적이던 기억과는 다르게 놀이터 안은 텅 비어 있었다. 휑한 놀이터가 쓸쓸해 보였다.

그때였다.

"나랑 놀래? 싫음 말고."

수영이 소리가 나는 쪽으로 고개를 돌렸다. 커다란 눈에 가지런히 단발머리를 한 여자아이가 수영 옆에 서 있었다. 초등학교 3, 4학년쯤 되어 보였다.

어쩐지 약이 오른 수영이 되받아쳤다.

"근데 너 왜 반말이야? 언니한테."

"왜 언니라고 해야 되는데? 내가 몇 살인지도 모르잖아."

아이가 부루퉁하게 볼을 부풀렸다. 그 모습에 수영은 잠시 거북했던 마음이 사그라들고 피식 웃음까지 났다. 외동이었던 수영은 늘 외로웠다. 이렇게 막무가내 귀여운 동생이 있다면 어땠을까. 잠깐 행복한 상상에 빠졌다.

"그럼 나 간다."

아이가 냅다 놀이터로 내달렸다. 털썩 그네에 앉은 아이는 열심히 발을 구르기 시작했다. 하지만 아이가 탄 그네는 얼마 올라가지 못하고 제자리를 맴돌았다. 아이가 수영 쪽을 흘끗거렸다. 수영이 못 이기는 척 아이에게 다가갔다. 아이 뒤에 자리를 잡고 서서 힘차게 그네를 끌어올렸다. 수영은 그네를 놓고는 돌아오는 그네를 다시 힘껏 밀어냈다. 아이의 웃음소리가 놀이터에 흩날렸다.

"이름이 뭐야?"

"비밀."

아이는 그네가 가장 높은 곳에 다다르자, 풀썩 그네에서 뛰어내렸다.

꺅.

놀라서 소리를 지른 건 수영이었다. 아이는 아랑곳없이 이번에는 미끄럼틀로 달려갔다. 거침없이 계단을 뛰어올라서 두 손을 치켜들고 슈퍼맨 자세를 취했다. 앗, 저건 거꾸로 내려가겠다는 건데. 수영도 어릴 때 미끄럼틀에서 저렇게 내려오다 이마를 다친 적이 있었다.

"하지 마. 위험해."

수영이 소리를 질렀지만 아이는 장난스럽게 혓바닥을 쏙 내밀 뿐이었다. 그리고 보란 듯 미끄럼틀에 배를 깔고 내려왔다. 수영이 허겁지겁 미끄럼틀 아래로 달려가 힘껏 두 손을 벌렸다. 마침 미끄럼을 타고 내려온 아이가 수영의 품으로 와락 안겼다. 아이는 작고 따뜻했다.

"쳇, 재미없어."

아이는 수영의 팔을 뿌리치고 뱅글뱅글 돌아가는 회전무

대에 올라탔다.

"신나게 돌아라, 돌아."

수영은 아이가 귀찮기도 했지만 어쩐지 아이를 혼자 두고 싶지 않았다. 얼른 달려가서 봉을 잡고 회전무대를 빙글빙글 돌리기 시작했다. 까르륵. 아이의 웃음소리가 바람을 타고 흩어졌다. 덩달아 수영의 마음도 붕 떠올랐다.

"오, 최고다, 진짜 재밌어!"

아이의 칭찬에 수영이 달리는 속도를 더 높였다. 어깨가 뻐근해져 왔지만 상관없었다. 기분이 날아갈 듯 상쾌했다.

눈을 떠 보니 벌써 아침이었다. 꿈속이긴 했지만 누군가와 오랜만에 즐겁게 놀았다는 생각에 기분이 개운했다. 수영은 그만 침대에서 일어나 아쉬운 듯 손에 쥐고 있던 잠자는 인형을 내려다보았다. 혹시 이 인형이 그 아이였을까.

쾅쾅.

수영은 엄마의 방문 두드리는 소리에 얼른 인형을 베개 밑으로 밀어 넣었다. 학교가 끝나자마자 수영은 집으로 돌아왔다. 과학 학원에 갈 때까지 한 시간 정도 여유가 있었다. 평소

같으면 숙제를 하기 위해 도서관에 갔겠지만 오늘은 쉬는 시간에 졸지 않고 과학 숙제를 다 해 놓았다. 다행히 엄마는 집에 없었다.

방으로 들어가 베개부터 들추었다. 잠자는 인형이 세상모르게 곤히 자고 있었다. 수영은 인형을 들고 거실로 나왔다. 털썩 소파에 앉아 인형의 얼굴을 유심히 들여다보았다. 그러고 보니 어젯밤 꿈에서 만났던 여자아이와 닮은 것도 같았다. 문득 그 아이가 다시 보고 싶어졌다. 동시에 수영의 입에서는 하품이 흘러나왔다.

끝도 없이 펼쳐진 잔디밭 위였다. 수영은 발아래를 내려다보았다. 선명한 초록색 잔디가 바람에 물결치듯 일렁이고 있었다. 어느새 수영 옆으로 알록달록한 운동화가 다가왔다.

"또 나랑 놀고 싶어서 왔구나."

어제 꿈에서 만났던 그 아이였다. 아이의 눈에는 생글생글 반가움이 서려 있었다. 수영이 채 무어라 대답하기 전에 아이가 다짜고짜 신발을 벗어 던졌다. 아이는 잔디밭 위에서 맨발을 꼼지락거렸다.

"와! 폭신폭신해."

우물쭈물하던 수영도 아이를 따라 운동화를 벗었다. 간질간질한 잔디의 감촉에 절로 웃음이 났다.

"후후, 정말 기분 좋다."

아이가 수영을 빤히 보다가 아무렇지 않게 물었다.

"같이 놀래?"

"좋아."

수영이 망설임 없이 대답했다. 아이의 얼굴 한가득 환한 미소가 부서졌다.

아이가 잔디밭 위를 내달렸다. 수영은 영문도 모른 채 아이를 따라 뛰었다. 한참을 달리던 아이가 수영을 돌아보며 소리쳤다.

"우리 숨바꼭질하자."

"여기서?"

"응. 내가 먼저 숨을게."

아이는 머리카락을 휘날리며 잔디밭 끝자락에 있는 숲 쪽으로 달려갔다. 수영은 아이의 뒤를 따라갔다. 눈이 부시게 밝던 잔디밭과 달리 숲속은 아름드리 나무들이 드리운 그늘 때문에 컴컴했다. 아이는 벌써 어디로 숨었는지 보이지 않았다.

수영이 아이를 찾으려고 이리저리 고개를 돌리던 순간 푸드덕하고 새 한 마리가 하늘로 날아올랐다. 그 바람에 나무 그림자가 괴이한 모습을 만들며 요동쳤다. 수영은 화들짝 놀라 뒷걸음질을 치다가 그만 엉덩방아를 찧고 말았다.

"키킥."

어디선가 숨죽이며 웃는 소리가 들려왔다. 수영은 벌떡 일어났다. 모든 신경을 집중해서 아이를 찾기 위해 천천히 주변을 둘러보았다. 멀지 않은 곳에 덤불이 작게 흔들리고 있었다.

'저기다!'

수영이 뒤꿈치를 들고 살금살금 다가갔다. 눈으로 덤불 안에 있는 아이를 확인하고는 냅다 소리를 내질렀다.

"찾았다!"

"끼악!"

아이가 자지러지게 비명을 질렀다. 수영이 크게 웃음을 터트렸다. 덤불에서 쏙 올라온 아이는 한껏 볼을 부풀리고 수영을 째려보았다. 수영은 웃음을 멈추지 못하고 아픈 배를 움켜쥐며 계속 웃어 댔다.

아이는 골똘히 눈을 굴리다 무언가 생각난 듯 말했다.

"이제 공기놀이하자. 나 그거 엄청 잘해."

아이가 숲 한편에 탐스럽게 피어 있는 분꽃으로 다가갔다. 익숙하게 꽃대가 떨어진 자리에 달려 있는 새까만 씨앗 다섯 개를 모았다. 아이는 털썩 자리에 주저앉아 손바닥으로 판판하게 땅을 골랐다. 수영은 어쩐지 아이의 모습이 눈에 익었다. 수영이 아이 곁으로 다가가 앉았다.

"먼저 십 년 내는 사람이 이기는 거야."

아이가 단풍잎같이 앙증맞은 손을 펼치고 분꽃 씨를 바닥에 흩뿌렸다. 작은 손으로 꽃씨를 한 개, 두 개, 세 개, 네 개 잘도 잡았다. 야무진 아이의 공기 실력에 수영의 입이 쩍 벌어지고 말았다. 아이가 다섯 개의 꽃씨를 손바닥에 모으더니 순식간에 꺾어서 손등 위로 올려놓았다. 놀랍게도 다섯 알이 모두 단박에 올라갔다. 아이는 입을 앙다물고 손등에 있던 꽃씨를 다시 공중으로 띄워 한 개도 빠짐없이 손바닥에 그러쥐었다.

"오 년."

"와, 진짜 잘한다."

수영은 절로 박수가 나왔다. 아이의 오동통한 볼이 발그레해졌다. 아이가 거침없이 다시 꽃씨를 바닥에 펼쳐 놓았다. 이번에도 아이는 흐트러짐이 없었다. 수영의 마음이 초조해졌다. 이러다간 자신은 꽃씨 한번 만져 보지 못하고 공기놀이에서 질 수도 있겠다는 생각이 들었다.

그때 멀리서 나풀나풀 나비 한 마리가 날아왔다. 나비는 허공을 천천히 날아다니다가 하필이면 한껏 집중하고 있는 아이의 콧잔등 위로 내려앉았다. 아이가 간지러운지 얼굴을 찌푸렸다. 마침 꽃씨 다섯 개를 손등에 올리고 있던 아이는 몸을 움직여 나비를 쫓아내지 못했다. 아이가 후후 입바람으로 콧잔등에 앉은 나비를 날려 보내려고 애를 썼다. 수영은 그런 아이의 모습이 귀여워 자꾸 웃음이 새어 나왔다.

아이는 어쩔 수 없다는 듯 콧등에 나비를 얹은 채 손등을 요리조리 돌렸다. 드디어 꽃씨가 공중 위로 던져졌다. 수영은 숨죽여 아이를 지켜보았다. 아이는 야무지게 다섯 개의 꽃씨를 모두 손으로 잡아챘다. 아이가 손바닥을 펼치자, 아이의 콧등에 있던 나비가 손바닥 위에 있는 꽃씨로 내려앉았다. 아이의 얼굴에 미소가 떠올랐다.

아이가 수영을 보며 입으로 소리 없이 숫자를 세었다.

하나, 둘, 셋.

그러고는 손바닥에 있던 꽃씨를 수영에게 뿌렸다. 수영은 놀라서 그만 두 눈을 질끈 감고 말았다. 덩달아 놀란 나비는 수영의 볼 위를 허우적대다 멀리 날아가 버렸다. 아이와 수영이 서로 얼굴을 마주 보며 크게 웃었다. 얼마나 웃었는지 수영의 눈 끝에 찔끔 눈물이 맺혔다.

어느 순간 뚝 미소를 지운 아이가 말했다.

"내가 이겼으니까 인디언밥 해야지."

수영은 그제야 눈 끝에 매달린 눈물을 닦아 내고 얌전히 아이의 앞에 등을 보이며 엎드렸다. 아이의 작은 손이 거침없이 수영의 등을 내리쳤다.

"인디언 밥!"

악!

수영은 따끔거리는 등을 문지르며 눈을 떴다. 엄마가 매서운 얼굴을 하고 서서 수영을 내려다보고 있었다.

"낮잠을 이렇게 자는 애가 어디 있어. 등짝을 맞고서야 겨우 일어나네. 학원 안 갈 거야?"

수영은 후다닥 일어나 집을 나섰다. 학원에 늦어서가 아니라 꿈에서 아이와 행복했던 기분을 엄마 때문에 망치고 싶지 않아서였다.

하지만 그 바람은 그리 오래가지 못했다. 수영은 과학 학원에 도착하고 나서야 오늘 시험이 있는 날이었다는 걸 기억해 냈다. 수영의 마음이 타들어 갔다. 엄마의 타박이 벌써 귓가를 맴도는 듯했다. 역시나 시험을 제대로 망친 대가로 어마어마한 숙제가 쏟아졌다. 내일 수학 학원 숙제도 해야 하는데, 과학 시험 오답 정리까지 더해져 수영의 머리는 무겁기만 했다.

수영은 집에 와서도 책상을 떠나지 못했다. 새벽녘까지 숙제를 하다 책상에 쓰러져서 잠이 들었다. 다음 날 아침에 요란하게 울리는 알람 소리를 듣고서야 겨우 몸을 일으켰다. 허리에서 우두둑 소리가 났다. 머리가 무지근하게 아파 왔다. 책상 서랍에서 두통약 하나를 꺼내 입에 넣었다. 찌르는 듯한 통증은 쉬이 가라앉지 않았다.

학교에 가서도 수영은 몸과 마음이 아팠다. 과학 숙제를 하느라 수학 숙제도 다 끝내지 못했다. 국어 수업이 시작되었지만, 교과서 밑에 수학 문제집을 깔고 숙제를 해야 했다. 조심스레 선생님의 눈치를 살피던 것도 잠시, 수영은 꾸벅꾸벅 졸기 시작했다.

학교에서 쉬지 않고 숙제를 했는데도 숙제를 다 끝내지 못한 탓에, 수영은 수학 학원이 끝나고 보충을 해야 했다. 학원 독서실에 남아서 나머지 숙제를 했다. 손을 움직일 때마다 어깨가 욱신욱신 쑤셔 댔지만 게으름을 피울 수는 없었다. 수영은 평소보다 훨씬 늦은 시간에 집에 도착했다.

방으로 들어온 수영이 불편한 관자놀이를 손으로 꾹꾹 누르며 베개를 들추었다.

어디 있지?

소파에서 잠들었다가 엄마가 깨우는 바람에 다급히 일어났던 게 기억났다. 빼꼼히 방문을 열어 보니 엄마가 소파에 비스듬히 누워 텔레비전을 보고 있었다. 당장이라도 찾아보고 싶었지만, 혹시라도 엄마에게 들킬까 슬그머니 다시 방문을 닫았다.

수영은 엄마가 안방으로 자러 들어갈 때를 기다렸다. 얼마 후 슬리퍼 끄는 소리가 들리고 안방 문이 닫혔다. 수영이 최대한 발꿈치를 들고 어두운 거실로 향했다. 핸드폰 불빛에 의지해 소파 이곳저곳을 뒤지기 시작했다. 하지만 어디에도 잠자는 인형이 보이지 않았다. 수영의 마음이 불안하게 두근거렸다.

거실을 한참 서성이다 수영은 방으로 들어와 침대에 누웠다. 잠이 잘 오는 에이에스엠알을 틀어 놓고 멍하니 천장을 바라보았다. 다시 한번 베개 밑에 손을 넣어 찬찬히 더듬어 보았지만 잡히는 건 아무것도 없었다. 이불을 머리끝까지 뒤집어쓰고 양을 세기 시작했다.

깜깜한 놀이터였다. 아이를 다시 만날 수 있을까. 수영이 고개를 길게 빼고 주변을 두리번댔다. 하지만 기다리고 기다려도 아이는 오지 않았다. 시간이 흐를수록 수영의 기대는 체념에 가까워졌다. 아이와 해 보고 싶은 게 많았는데, 아직 서로 이름도 알지 못하는데. 이대로 영영 아이와 만나지 못할 수도 있다는 생각에 수영은 초조해졌다.

어디선가 으스스한 바람이 불어 왔다. 수영이 자리에 앉아 두 손으로 다리를 모아 안았다. 이런 게 외로움일까? 수영은 다리 사이로 고개를 파묻었다.

"보고 싶어."

순간 눈앞의 캄캄한 어둠 속에서 아이의 얼굴이 떠올랐다. 어둠 속에 혼자 남겨진 아이가 수영처럼 울고 있었다. 아이는 한참을 흐느끼다가 떨리는 입술을 열고 누군가의 이름을 불렀다.

"수영아."

수영은 화들짝 놀라 고개를 쳐들었다. 수영의 머릿속이 필름을 되감듯 빠르게 돌아가다 어느 순간 되감기를 멈추었다.

수영이 번쩍 눈을 떴다. 아직 깜깜했다. 이상하리만치 수영의 마음은 차분하게 가라앉아 있었다. 몸을 일으켜 침대 위에 앉았다. 무릎을 끌어안은 채 곰곰 기억 속을 더듬어 보기 시작했다.

그 아이, 아니 그 친구는 초등학교 1학년 때 수영의 첫 짝

꿍이었다. 유난히 큰 눈에 단발머리를 한 친구는 무엇이든 잘했다. 받아쓰기도 줄넘기도 만점, 리코더도 제일 먼저 통과. 공기놀이도 반에서 일 등. 수영은 그런 친구와 짝이 된 게 행운 같았다.

그 친구와는 4학년 때까지 쭉 같은 반이 되었다. 친구는 학년이 올라갈수록 더 빛을 발했다. 어떤 대회든 나갔다 하면 상을 받았고, 학교 추천 영재로 선발되어 대학교에서 수업까지 들었다.

수영은 자신의 곁에 멋진 친구가 있다는 것이 뿌듯하고 감사했다. 하지만 시간이 지날수록 그 친구 때문에 마음이 힘든 날이 많아졌다. 자신보다 훨씬 많이 노는데 공부는 잘하는 친구가 얄미워지기 시작했다. 이런 감정에 힘을 실은 건 수영의 엄마였다.

엄마는 그 친구와 수영을 사사건건 비교했다. 수영은 그 친구와 자신은 전혀 다른 사람이라 여겼지만, 엄마의 생각은 달랐다. 엄마는 수영이 조금만 더 노력하면 그 친구와 같아질 수 있다고 수영을 닦달했다. 수영도 사실 할 수만 있다면 그 친구처럼 되고 싶었다. 뭐든 잘하는 아이, 그래서 엄마에게 사랑받는 아이.

4학년이 시작되고부터 수영은 그 친구를 피해 다녔다. 매주 만나서 같이 놀기로 했던 약속도 일방적으로 취소해 버리고, 그 친구와 친한 아이들과도 의도적으로 멀어졌다. 그 친구와 자주 가던 도서관, 놀이터, 문구점 근처에는 아예 가지 않았다. 얼마 뒤 그 친구는 전학을 갔고 수영의 기억에서 그 친구는 서서히 지워졌다.

수영은 그만 침대에서 몸을 일으켰다. 갑자기 꿈에 나타난 친구 때문에 복잡하게 헝클어진 감정에 휘둘리고 싶지 않았다. 의자에 앉아 책상 전등을 켰다. 손에 잡히는 수학 문제집을 펼치고 문제를 풀기 시작했다. 사각거리는 연필 소리가 방 안을 가득 메웠다. 꿀렁대던 수영의 심장이 제자리를 찾아가는 듯했다.

하지만 얼마 지나지 않아 헤집어 놓은 기억들이 수영을 다시 괴롭히기 시작했다. 급기야 수영의 이름을 부르며 우는 친구의 얼굴이 문제집 위로 어른거렸다. 수영은 신경질적으로 문제집을 덮어 버렸다. 벌떡 일어나 창문도 열어 보았지만 기분은 전혀 나아지지 않았다.

불쑥 솟아오른 친구에 대한 기억이 거대한 파도가 되어 수영을 집어삼키고 있었다. 아무것도 할 수 없는 수영은 침대로 가서 몸을 뉘였다. 떨리는 몸을 말아 새우처럼 웅크렸다. 이불을 뒤집어써도 서늘한 한기는 가시지 않았다. 수영은 덜덜 부딪히는 이를 앙다물고 두 눈을 꼭 감았다.

이미 어둑해진 숲속이다. 4학년인 수영이 키가 큰 나무 기둥 뒤에 숨어 있다. 멀찍이 그 친구가 서 있다. 수영은 몰래 친구를 살피고 있다. 친구는 초조하게 누군가를 기다리다 핸드폰을 들고 어딘가로 전화를 건다. 수영의 주머니 속 핸드폰이 부르르 떨린다. 수영은 비집고 나오려는 웃음을 간신히 참으며 몰래 친구를 지켜본다.

친구를 숲으로 불러낸 건 수영이었다. 수영은 친구에게 꼭 같이 놀고 싶다는 문자를 보냈다. 친구는 수영의 문자에 학원도 빠지고 이곳으로 온 것이다. 하지만 수영은 처음부터 친구와 놀 생각이 없었다. 반 아이들에게 친구가 내숭을 떤다는 소문을 내도, 잘난 척을 해서 재수 없다는 험담을 해도, 친구는 수영을 미워하지 않았다. 그러면 그럴수록 수영은 친구가 더 미워졌다.

수영은 친구가 가장 무서워하는 걸 알고 있었다. 어두운 곳에 혼자 있는 것. 친구는 맞벌이하는 부모님이 매일 늦게 들어와 집에 혼자 있을 때가 많다고 했다. 그럴 때면 텔레비전을 틀어 놓고 울곤 했다며 수영에게 속마음을 털어놓은 적이 있었다.

처음에는 그저 자신을 속상하게 만든 친구를 놀려줄 생각이었다. 하지만 친구가 힘들어하는 모습을 보는 게 수영은 생각보다 통쾌했다. 자신이 친구 때문에 마음고생 했던 시간이 보상받는 듯한 기분마저 들었다. 가벼운 장난으로 시작했던 일은 어느새 진심이 되었다.

친구가 어두워진 하늘을 올려다보며 자리를 떠나려고 하자, 수영이 조금만 더 기다려 달라는 문자를 보낸다. 이러지도 저러지도 못하는 친구의 얼굴이 울상이 될수록 수영은 누군가가 몸을 간질이기라도 하듯 어깨를 들썩거린다.

드디어 친구가 울먹이기 시작한다. 수영의 마음에서 폭죽이 터진다. 지나가는 바람 소리에 소스라치게 놀라는 친구를 보며 수영은 키득거리기 바쁘다. 어떻게 더 친구를 괴롭힐 수 있을까. 수영의 머리가 바쁘게 돌아간다.

급기야 수영은 핸드폰을 들고 친구에게 톡을 보내기 시작한다.

XX 너 때문에 얼마나 힘들었는 줄 알아?
네가 눈앞에서 영원히 사라져 버렸으면 좋겠어.
친구인 척 구는 거 이제 역겨워서 못 참겠다고.

어느새 주위는 불빛 한 점 없이 완전히 컴컴해졌다. 친구의 울음소리가 수영의 발목을 감아 왔지만 수영은 뒤도 돌아보지 않고 숲을 빠져나왔다.

얼마 후 친구는 전학을 갔다.

"수영아, 일어나!"

수영은 엄마가 잔뜩 성이 났다는 걸 알았으나 어쩐지 눈이 잘 떠지지 않았다.

"지금 나가도 지각이라고!"

엄마가 빽 소리를 지르며 사정없이 수영의 몸을 흔들어 댔다. 엄마에게 무슨 말이든 하고 싶었지만 수영의 입에서는 가느다란 신음만 흘러나올 뿐이었다. 분명 꿈에서 깼는데, 수영의 머릿속에는 친구를 어두운 숲에 혼자 남겨둔 채 돌아선 자신의 의기양양한 모습으로 가득 차 있었다.

어느 순간 엄마는 수영을 깨우는 것을 포기하고 방을 나갔다. 뒤이어 아파서 학교에 못 간다고 전화하는 엄마의 상냥한 목소리가 이어졌다. 수영의 귓가에는 아직도 자신의 이름을 부르며 우는 친구의 목소리가 윙윙거렸다. 머리를 흔들어 보아도 친구의 목소리는 더 선명해질 뿐이었다.

수영은 친구와의 일을 아무도 모르게 꼭꼭 숨겨 두었다고 믿었다. 다행히도 그 친구는 전학을 갔고, 그렇게 친구가 사라진 후 수영은 처음부터 그 친구가 없었던 것처럼 아무렇지 않게 지냈다. 잠시였지만 평화롭기까지 했다.

하지만 얼마 지나지 않아 엄마는 공부 잘하는 아이들의 이야기를 끊임없이 물고 왔다. 이 학원에 다녔다더라, 이 문제집을 풀었다더라, 이 약을 먹었다더라, 잠은 몇 시간밖에 안 잤다더라 …… . 엄마의 비교는 날이 갈수록 점점 더 심해졌다.

담임과 통화를 마친 엄마가 방으로 다시 들어왔다.

"병원에 갈까? 학교에는 못 가더라도 이따 학원에는……."

"그만……해요."

수영이 눈을 떴다. 차마 엄마에게 하지 못했던 말들이 흘러나왔다.

"다 엄마 때문이에요."

"뭐?"

엄마가 당황한 듯 쉽게 다음 말을 잇지 못했다. 수영의 눈 끝에서 또르르 눈물방울이 떨어져 내렸다. 엄마는 그런 수영을 못 본 척하려 애썼다.

"얘가 어디가 아프긴 아픈가 보네."

엄마는 중얼거리며 서둘러 방을 빠져나갔다. 엄마에게 책임을 돌려보아도 수영의 답답하고 무거운 마음은 전혀 가벼워지지 않았다. 우는 친구의 얼굴이 꿈속을 비집고 나와 수영의 코앞까지 다가왔다. 수영이 두 손으로 얼굴을 가려 보았지만 친구는 사라지지 않았다.

"예지야……, 미안해."

그때 수영의 방 창문으로 하얀 털의 고양이가 살포시 고개를 들이밀었다. 고양이는 파란색 빨간색 오드아이를 반짝이

더니 사뿐히 방 안으로 뛰어들었다. 고양이가 느긋하게 주변을 살피다 수영의 침대 아래에 떨어져 있던 잠자는 인형을 찾아 입에 물었다. 나른하게 눈을 깜박이던 고양이는 다시 창문으로 뛰어올라 순식간에 사라졌다.

귓
속
말

—

유리와 연아

연아는 포르르 날아오르는 인형을 바라보았다. 전체적으로 보면 그저 어렸을 때 많이 가지고 놀았던 평범한 모양의 인형이었다. 하지만 연아가 마음을 빼앗긴 건 그 인형의 등에 달린 금빛 날개였다. 인형들 사이를 날아다니며 날개를 움직일 때마다 우수수 떨어지는 금가루가 연아의 마음을 마구 뒤흔들었다. 연아는 날개 달린 인형을 향해 손을 뻗었다. 인형이 살포시 연아의 손 위로 날아와 앉았다. 연아는 날개 인형을 손에 쥐고 이호 고택 지하실을 나섰다.

연아는 종점에 서 있던 버스에 무작정 올라탔다. 덜컹덜컹

버스가 출발했다. 빗방울 때문인지 창밖 풍경이 은근히 뭉개져 보였다. 유리와의 일도 이렇게 흐릿해질 수 있다면. 연아가 입술을 잘근잘근 씹어 댔다.

익숙한 정류장 이름을 듣고 버스에서 내렸다. 동시에 부르르 연아의 핸드폰이 울렸다. 핸드폰 창에 환하게 웃고 있는 엄마의 얼굴이 떴다. 기대했던 유리의 얼굴이 아니라 연아의 마음이 푹 내려앉았다.

이대로 집에 들어가고 싶지는 않았다. 연아는 하릴없이 동네를 배회했다. 이미 한참 늦어 버린 영어 학원 건물을 지나쳐 정처 없이 걸었다. 엄마의 전화가 계속 울렸지만 받지 않았다. 불안한 얼굴로 걱정을 키우고 있을 엄마의 모습이 눈에 선했다. 하지만 지금은 아무 말도 하고 싶지 않았다.

중학교 1학년 여름 방학이 끝날 즈음, 군인인 아빠의 근무지 이전 때문에 갑자기 전학이 결정되었다. 사실 연아에게 낯선 환경으로 이사를 가는 것은 그리 큰 문제가 아니었다. 초등학교 시절부터 자주 다닌 전학이 연아에게 예방주사가 되었기 때문이다. 오히려 엄마가 중학교에 채 적응도 하지 못했는데 전학을 가야 한다며 호들갑을 떨었다.

연아는 언제나 그래 왔듯 다니던 학교에 그리 미련이 남아 있지 않았다. 아이들은 전혀 상관없는 남의 이야기를 늘어놓으며 웃고 떠들 뿐, 정작 자신의 속마음은 잘 보여 주지 않았다. 연아는 아이들과 함께 있을 때면 항상 한 발짝쯤 떨어진 곳에 서 있는 느낌이었다. 자신은 있어도 그만 없어도 그만인 존재라는 생각을 자주했다.

이 학교로 전학 온 첫날이 생생하게 되살아났다. 연아가 고개를 푹 숙인 채 담임을 따라 1학년 7반 교실로 향했다. 교실로 가는 계단을 오르며 떨리는 마음을 애써 뭉그러뜨렸다. 전학생에게 쏟아질 관심은 고작 몇 교시면 거품처럼 사라지고 말 거라는 걸 누구보다 잘 알고 있었다.

담임은 교실로 들어가 아이들 앞에서 연아를 소개했다. 연아는 엄마가 새하얗게 세탁해 준 실내화를 내려다보고 있다가 쭈뼛쭈뼛 고개를 들었다. 아이들의 무심한 시선 사이로 유독 초롱초롱하게 자신을 바라보고 있는 한 아이와 눈이 마주쳤다. 연아가 어색한 인사를 마치자 그 아이는 옷깃에서 먼지가 날 만큼 열심히 박수를 쳤다. 유리였다.

유리는 연아에게 먼저 다가와 준 고마운 친구였다. 낯을 많이 가리는 연아 곁에서 재잘거리며 끊이지 않고 이야기를 해 주는 살가운 친구, 별것 아닌 이야기에도 고개를 꺾으며 웃어 주는 소중한 친구 말이다. 연아는 드디어 진심을 나눌 수 있는 친구가 생긴 것 같아 하루하루가 설레었다. 오늘 유리와 싸우기 전까지는 말이다.

연아는 흐르려는 눈물을 참으려고 고개를 들었다. 까만 하늘에 드문드문 박혀 있는 별이 눈에 들어왔다. 생경하던 교실에서 자신을 향해 반짝이던 유리의 눈빛이 떠올랐다. 얼른 핸드폰을 꺼내 눈물 표시를 수십 개 달아 유리에게 메시지를 보냈다. 별것 아닌 다툼으로 어렵게 만난 진짜 친구를 잃고 싶지 않다는 마음을 구구절절하게 적어 내려갔다. 초조한 마음으로 핸드폰을 새로 고침 했다. 메시지 옆에 1은 없어지지 않았다. 단단히 화가 난 게 분명했다.

연아가 긴 한숨을 내쉬며 중얼거렸다.

"유리의 마음을 알고 싶어."

손에 들고 있던 날개 인형이 푸드덕거렸다. 인형은 금빛 날개를 반짝이며 공중으로 날아올라 연아의 눈앞으로 다가왔다. 놀란 연아가 뒷걸음질을 치며 주위를 두리번거렸다. 연아의 예상과는 달리 지나가는 사람들은 아무 일도 없다는 듯 평온해 보였다. 사람들의 눈에 날개 인형은 보이지 않는 듯했다.

인형은 몇 번의 우아한 날갯짓으로 연아의 코앞까지 다가왔다. 연아가 이번에는 인형을 피하지 않고 가만히 인형과 눈을 맞추었다. 손톱만 한 작은 얼굴에 올망졸망한 눈코입이 꽉 들어차 있었다. 놀랍게도 인형의 조그마한 입술이 달싹거렸다.

– 안녕, 나는 사람들 사이를 날아다니며 속마음을 모으는 귓속말 인형이야. 내가 너를 도와줄게.

인형의 말이 분명하게 들렸다. 동시에 인형의 날개에서 반짝반짝 금가루가 떨어져 내렸다. 연아는 제대로 숨을 쉴 수 없었다. 나는 것도 모자라 말하는 인형이라니. 보고도 믿지 못할 일이 있다더니, 연아에게 지금이 그 순간인 듯했다.

꿈이 아니었으면.

연아의 마음에서 간절한 기도가 터져 나왔다. 유리의 마음을 알 수 있게 도움을 준다니. 연아는 눈앞의 귓속말 인형을 덥석 쥐고 빠르게 집으로 향했다.

집에 들어서자마자 엄마는 혹시 길을 잃은 건 아닌지, 나쁜 아이들을 만난 건 아닌지, 말도 안 되는 걱정을 늘어놓았다. 연아는 엄마의 걱정스러운 마음을 이해는 했지만, 굳이 대꾸하고 싶지 않아 고개만 가로저었다. 아빠가 퇴근을 한 틈을 타 연아가 얼른 방으로 도망쳤다.

방문 밖에서 엄마 아빠가 소곤대는 소리가 들려왔다. 무시하려고 해도 웅얼대는 말소리가 자꾸만 귀에 거슬렸다. 연아 이야기를 하고 있는 게 분명했다. 전학 이후 엄마 아빠는 부쩍 자신을 신경 썼다. 엄마가 아빠에게 괜한 이야기를 하는 건 아닐까. 연아는 방문 밖 말소리에 자신도 모르게 귀를 기울였다. 들릴락 말락 한 말소리가 연아를 건드렸다.

순간 귓속말 인형이 날개를 펼치고 날아올랐다. 동시에 연아의 눈이 인형을 좇았다. 인형이 방문 앞으로 날아갔다. 인형의 날개에서 금가루가 쏟아져 내렸다. 그때 엄마와 아빠의 소곤대던 귓속말이 연아의 귀에 꽂혔다.

- 걱정이에요. 한참 예민한 시긴데, 괜히 전학을 온 건 아닌지.

- 학원 한 번 빠진 걸로 너무 걱정하지 마요.

- 당신이 몰라서 하는 말이에요. 지난번 학교에서도 전학하고 얼마나 힘들어했다고요.

- 적응하겠지.

연아 몰래 거실에서 나누는 엄마 아빠의 이야기가 방 안에 있는 연아에게 선명하게 들렸다. 연아가 커진 눈으로 귓속말 인형을 바라보았다. 인형이 다시 연아에게로 날아왔다.

- 나를 유리가 있는 곳으로 데려다줘. 유리의 귓속말을 너에게 전해 줄 테니.

연아의 가슴이 두방망이질 치기 시작했다. 도통 알 수 없었던 유리의 마음을 어쩌면 알 수 있지 않을까. 연아는 인형을 두 손으로 꼭 쥐었다.

엄마가 방문 두드리는 소리에 퍼뜩 잠에서 깼다. 눈을 뜨자마자 손안에 있는 귓속말 인형부터 확인했다. 부드러운 인형의 날개 감촉이 분명히 느껴졌다. 얼른 교복을 갈아입고 집을 나섰다. 연아는 어서 유리를 만나야겠다는 마음뿐이었다.

항상 유리와 학교 가기 전에 만나던 스마일 편의점 앞에 멈춰 섰다. 역시나 유리는 보이지 않았다. 전학 온 첫날처럼 연아는 혼자 학교로 향했다. 초조한 마음에 핸드폰을 두드려

보았지만 유리는 연아가 보낸 메시지를 읽지 않았다. 학교로 향하는 연아의 발걸음이 무거워졌다.

9시가 거의 다 되어서야 연아는 교실 앞에 도착했다. 심호흡을 크게 한 번 하고 조심스레 교실 문을 열었다. 다행히 조회 전인지 담임은 보이지 않았다. 연아는 눈으로 유리부터 찾았다. 자리에 앉아 있는 유리를 발견하고 다가가려는 찰나, 유리는 연아에게 등을 돌리더니 태연하게 뒷자리에 있는 지윤과 귓속말을 하기 시작했다. 무슨 말을 들었는지 지윤은 연아를 바라보며 딱한 표정을 지었다. 기대감으로 부풀었던 연아의 마음이 바람 빠진 풍선처럼 훅 꺼졌다.

담임이 교실로 들어왔다. 연아가 어기적어기적 자리로 가 앉았다. 연아를 신경 쓰는 아이는 아무도 없었다. 웃고 떠드느라 바쁜 아이들 사이에서 연아는 혼자 정지 화면처럼 멈추어 있었다. 조회가 끝나고 1교시가 시작되어도 연아는 움직이지 않았다. 멍하니 자리를 지키고 앉아 있을 뿐이었다.

연아는 어떻게 해야 할지 마음의 갈피를 잡지 못했다. 연아에게로 향하던 유리의 초롱초롱한 반달 눈은 철저하게 지윤에게 향해 있었다. 둘 사이에는 연아가 다가설 틈 따위는 보이지 않았다.

쉬는 시간에 연아는 읽지도 않을 책을 펼쳐 들었다. 그러고는 책에서 잠시도 눈을 떼지 않았다. 간간이 유리와 지윤의 웃음소리가 들렸다 사라졌다. 수업 시간에도 쉬는 시간에도 연아는 제자리에 붙박이처럼 앉아 있었다. 그렇게 꼼짝하지 않고 책을 읽었다. 아니, 책을 읽는 척했다.

시간이 지날수록 연아의 마음이 부글부글 끓어올랐다. 유리에 대한 미련과 화가 뒤섞여 예상치 못한 화학작용을 일으켰다. 이제는 이 숨 막히는 상황에서 벗어나고 싶은 마음뿐이었다. 하지만 유리를 생각하지 않으려고 하면 할수록 유리와 지윤의 속닥거림이 끈질기게 연아를 따라붙었다.

유리와 싸운 이유는 고작 샤프 때문이었다.

"그 샤프 나 줘라."

유리는 평소에도 연아의 물건들을 아무렇지 않게 가져가곤 했다. 그럴 때면 연아는 친구라서 그런 거라며 좋게 생각하려고 노력했다. 그런데 어제는 이상하게 그러고 싶지 않았다. 연아는 유리가 자신의 물건 때문이 아니라 그냥 자신을 좋아하는 것인지 확인해 보고 싶어졌다.

연아가 단호하게 대답했다.

"안 돼. 선물 받은 거야."

하지만 유리는 집요하게 매달렸다.

"연아야. 나중에 내가 더 예쁜 샤프 사 줄게. 응?"

"싫어."

그러면 그럴수록 연아도 물러서지 않았다. 아예 유리에게 몸을 돌리고 책을 펼쳐 들었다. 유리는 더 이상 아무 말이 없었다. 유리와 자신은 진짜 친구라는 안도감이 들 때쯤, 연아가 슬쩍 고개를 돌려 유리의 표정을 살폈다. 그러다 유리와 지윤이 눈을 마주치며 입 모양으로 장난스레 말하는 걸 보고 말았다.

'재수 없어.'

연아는 반사적으로 일어나 유리의 팔을 잡고 따져 물었다.

"너 방금 뭐라고 했어?"

"내가? 나 아무 말도 안 했는데? 지윤아, 내가 뭐라고 했어?"

유리는 미소를 띠고 능청스레 지윤을 바라보았다. 지윤이 덩달아 눈을 동그랗게 뜨고 야단을 떨었다.

"아니, 왜? 누가 뭐라고 했대?"

그 순간 유리와 지윤의 눈빛이 묘하게 얽혔다.

샤프 사건 후, 유리와 지윤은 껌딱지처럼 붙어 다녔다. 연아가 다가가면 둘은 속닥거리던 말을 딱 멈췄다. 그리고 킥킥거리며 웃음을 참는 시늉을 하고는 서로를 부둥켜안았다.

점심시간이 되자마자 연아가 처음으로 자리에서 일어났다. 어디에도 눈을 두지 않고 빠르게 교실을 빠져나왔다. 더는 지윤과 붙어 다니는 유리를 볼 자신이 없었다. 잰걸음으로 급식실로 향했다.

급식실은 여러 반 아이들이 뒤섞여 북적이고 있었다. 연아는 얼른 비어 있는 테이블에 식판을 놓고 앉았다. 최대한 빨리 식판을 비우고 이곳을 나갈 생각이었다. 무리에서 떨어져 혼자 앉아 있는 연아를 아이들이 수상쩍게 흘끗거렸지만 신경 쓰지 않았다.

연아가 막 첫술을 뜨려는데 유리와 지윤이 자신의 맞은편 자리에 앉는 게 설핏 보였다. 아이들은 구경거리라도 생긴 듯 대놓고 몸을 돌려 연아와 유리를 살폈다.

웅성거리는 아이들 사이로 유리와 지윤의 귓속말이 들릴

락 말락 연아의 귓가를 맴돌았다. 속닥속닥. 까르르. 소곤소곤. 푸후후. 연아는 둘의 키득거림이 신경 쓰여 속이 메스꺼웠다. 결국 숟가락을 내려놓았다. 배가 쿡쿡 찌르듯이 아파왔다. 이마에 식은땀이 맺혔다. 주머니를 뒤적여 휴지를 찾으려는데 귓속말 인형의 보드라운 날개가 잡혔다.

순간 귓속말 인형이 푸르르 날개를 털며 날아올랐다. 인형은 날개를 활짝 펼치고 유리와 지윤 사이로 날아갔다. 연아의 눈이 조심스럽게 인형의 뒤를 따랐다. 얼마 지나지 않아 반짝이는 금빛 가루가 인형의 날개에서 흩뿌려졌다. 그리고 들려오기 시작했다. 유리와 지윤의 귓속말이!

- 유리야, 연아가 너 완전 신경 쓰고 있는데?

- 그러든지 말든지!

- 지금도 이쪽 보고 있어. 멍청한 눈으로. 크크.

- 불쌍해서 놀아 줬더니 그깟 샤프 하나 못 빌려주냐. 고마운 줄도 모르고.

- 내 말이.

- 밥맛 떨어지니까 다른 얘기 하자.

연아가 그만 툭 고개를 떨구었다. 유리는 샤프를 달라고 했지 빌려달라고 하지 않았다. 유리의 거짓말이 연아의 마음을 아프게 찔러 댔다. 혹시 유리가 화가 나서 괜한 말을 하는 건 아닐까. 연아의 마음이 갈팡질팡했다. 연아는 돌아온 귓속말 인형을 움켜쥐고 자리에서 일어났다. 아이들은 구경거리가 사라지자 아쉬운 듯 숟가락을 들었다.

교실에서도 유리와 지윤의 귓속말은 계속되었다. 귓속말 인형이 유리와 지윤 사이를 날아다녔다.

쉬는 시간 지윤이 쪼르르 유리의 자리로 달려갔다. 지윤은 유리의 가방에 매달린 빨간 하트 모양 열쇠고리를 만지작거리며 속닥였다.

– 귀엽다.

– 그래? 난 별론데.

– 이거 연아랑 단짝템 아냐?

– 단짝템은 무슨. 주니까 받아준 거야. 예쁘면 너 가져.

– 정말? 오오 득템.

열쇠고리는 유리가 갖고 싶다며 조르고 졸라 연아가 사준 선물이었다. 유리가 가면을 벗고 진짜 얼굴을 드러낸 걸까. 연아는 낯선 느낌을 넘어 유리에게 속았다는 기분마저 들었다.

연아는 유리에게 묻고 싶었다. 그동안 자신에게 보여 줬던 모습은 모두 거짓이었던 건지, 함께한 시간은 무엇이었는지 말이다. 그러기 위해서는 유리를 만나야 했다. 학교 밖에서.

연아는 학교를 나와 사거리에 새로 생긴 문구점으로 향했다. 종례 시간 귓속말 인형을 통해 유리가 문구점에 갈 거라는 이야기를 들었다. 수학 학원에 갈 시간까지 30분 정도 남아 있었다. 핸드폰 시계를 확인하고 빠르게 발걸음을 옮겼다.

문구점 앞에 다다라 유리창 안을 슬쩍 들여다보았다. 연아의 눈에 유리와 그 곁에 서 있는 지윤이 들어왔다. 연아는 유리가 혼자이기를 바랐지만 그렇다고 그냥 돌아갈 수는 없었다. 꼬일 대로 꼬여 있는 유리와의 관계를 어떻게든 정리하고 싶었다. 안으로 차마 들어가지 못하고 문 앞에 서서 유리를 기다렸다.

의식하지 않으려 해도 연아의 시선이 문구점 안에 있는 유리에게로 향했다. 유리는 손에 여러 가지 모양의 샤프를 들고 있었다. 지윤이 연아의 샤프와 똑같은 샤프를 발견하고는 유난을 떨며 유리에게 속닥였다. 비밀스러운 지윤의 입 모양이 연아의 신경을 긁었다. 연아의 주머니 속 귓속말 인형이 날아올랐다. 인형은 금빛 가루를 뿌리며 문구점 안으로 날아들었다.

– 뭐야, 별로 비싸지도 않은 걸 가지고 유난 떨었네.

– 그러니까 왕따였지.

– 왕따? 그게 무슨 말이야?

연아의 심장이 쿵 내려앉았다. 연아는 유리의 얼굴을 자세히 보기 위해 더 바싹 유리창으로 다가섰다. 유리는 얼굴빛 하나 변하지 않고 거짓말을 했다.

– 연아 말이야. 걔 전학 오기 전 학교에서 왕따였대. 그래서 우리 학교로 전학 온 거래.

– 헐, 대박.

– 나한테만 말해 준 거니까 아무한테도 말하지 마. 알았지?

– 응…… 어머, 저기 봐. 연아가 우리 따라 왔나 봐.

– 짜증 나. 저러니 왕따를 당했지.

유리와 연아의 눈이 마주쳤다. 연아가 슬그머니 유리의 눈을 먼저 피하고 말았다. 유리에게 마음을 터놓고 지내는 친구가 없었다고 말한 적은 있지만 결코 자신이 왕따였다고 이야기한 적은 없었다. 유리는 왜 저런 말도 안 되는 거짓말을 하는 걸까.

순간 유리에게 하고 싶었던 수많은 말들이 싹 사라져 버렸다. 귓속말 인형이 연아에게로 돌아왔다. 연아가 인형을 손에 쥐고 걷기 시작했다. 연아는 유리를 친구라고 믿고 싶었다. 무슨 수를 써서라도 자신에게서 멀어지려는 유리를 붙잡고 싶었다. 그래서 유리와 지윤이 나누는 귓속말을 알고 싶었는지도 모른다.

이제 연아는 더 이상 유리를 친구라고 생각할 수 없었다. 누군가에게 하는 귓속말이 진실이 아닐 수도 있다는 것은 안다. 하지만 연아는 자신이 왕따였다는 거짓말을 아무렇지 않게 하는 유리를 이해할 수도 용서할 수도 없었다. 한때 유리를 친구라고 생각했던 자신이 바보처럼 느껴졌다. 유리에게 단단하게 묶여 있던 연아의 마음이 뚝 끊어져 버렸다.

학원에 앉아 있어도 수업이 귀에 들어오지 않았다. 연아는 집에 돌아와 아무것도 먹지 못하고 침대에 누웠다. 잠을 자려고 하면 할수록 유리가 했던 거짓말들이 끈질기게 귓가를 맴돌았다. 유리가 걷잡을 수 없이 미워졌다. 연아는 이 괴로움을 유리에게 고스란히 되돌려줄 거라고 결심했다. 무슨 수를 써서라도.

연아가 아침 일찍 학교로 향했다. 이른 아침의 선선한 바람이 밤새 달궈진 연아의 뜨거운 마음을 조금 식혀 주는 것도 같았다. 뒤엉켜 있던 머릿속이 차분하게 가라앉았다. 지금부터 자신이 해야 할 일이 분명하게 떠올랐다.

교실 안에는 아무도 없었다. 연아는 텅 빈 책상 사이를 뚜벅뚜벅 걸어 자리를 찾아가 앉았다. 주머니에서 귓속말 인형을 꺼내 책상 위에 올렸다. 인형이 말간 눈동자로 연아를 바라보다 작은 입을 오물거렸다.

– 미안해. 너와 유리가 다시 친해질 수 있도록 돕고 싶었는데…….

"괜찮아."

뜸을 들이던 연아가 어렵게 다음 말을 이었다.

"오늘 너를 이용해서 내가 아팠던 만큼 유리를 아프게 하려고."

귓속말 인형은 아무 말도 하지 못하고 눈만 깜박거렸다.

인형이 한참 만에 다시 입술을 달싹거렸다.

- 그럼 유리를 영영 잃게 될 텐데.

잠시 유리와 함께했던 추억 때문에 망설여지다가도 유리로 인해 생긴 상처들이 따끔거렸다. 순간 창문을 열어둔 것도 아닌데 어디선가 서늘한 바람이 불어 왔다. 연아의 목덜미에 솜털이 쭈뼛 곤두섰다. 연아가 달달 떨리는 두 손을 꽉 맞잡았다.

시간이 지날수록 비어 있던 자리들이 등교한 아이들로 채워졌다. 귓속말 인형이 날개를 펼치고 아이들 사이를 분주하게 돌아다녔다. 숙덕거리는 아이들의 말소리가 연아의 귀를 정신없이 파고들었다.

- 쟤 오늘도 머리 안 감았나 봐. 머리에 기름 장난 아니다. 어휴, 더러워.

- 그거 봤어? 아이돌 사라 성형 전 사진 떴잖아. 완전 성괴 그 자체! 소름 끼쳐.

- 어제 학원 빠졌다고 엄마가 용돈 깎는다는 거 있지. 어떻게 딸한테 그러냐, 치사하게.

- 오늘 수학 있지? 망했다. 학원 숙제도 많은데 학교 숙제

를 내주면 어쩌겠다는 거야. 짜증 나.

– 아, 맞다. 유리랑 연아 말이야…….

연아는 수많은 귓속말 중에 자신과 유리에 관한 귓속말들을 골라 들으며 차분하게 머릿속을 정리했다. 아이들의 눈에도 갑자기 멀어진 연아와 유리의 관계가 이상해 보였던 것 같았다. 아이들의 입에서 입을 타고 유리에 대한 이야기가 흘러나왔다. 이야기의 끝에 지윤의 이름도 등장했다. 연아의 눈에 힘이 들어갔다. 그동안 연아만 몰랐던 초등학교 때 둘의 일이 들려왔다. 그제야 복잡하게 꼬였던 실타래의 실마리가 보였다.

다정하게 팔짱을 낀 유리와 지윤이 교실로 들어섰다. 유리와 지윤에 대한 아이들의 숙덕거림이 딱 멈췄다. 유리는 자리에 앉았고, 지윤은 뒷자리에 모여 있던 아이들에게 다가갔다. 귓속말 인형이 지윤을 따라갔다.

– 진짜? 연아가 왕따였다고?

– 왠지 모르게 어둡고 찜찜하다 했더니.

– 그나저나 유리가 연아 때문에 마음고생 많이 했겠다. 불쌍해.

유리의 거짓말로 반 아이들의 수군거림은 전혀 다른 방향으로 흘러가고 있었다. 연아는 어둡고 찜찜한 사람이 되었다가 유리를 고생시킨 거짓말쟁이가 되어 버렸다. 연아는 눈물이 나려는 걸 간신히 참았다. 자신의 눈물로 유리의 거짓말에 힘을 실어 주고 싶지 않았다.

귓속말 인형이 연아에게 날아와 걱정이 가득한 목소리로 말했다.

– 괜찮아?

연아는 말없이 귓속말 인형을 주머니에 집어넣었다. 이제는 인형이 아니라 자신이 움직여야 할 때였다. 연아는 머릿속을 떠다니는 수많은 귓속말들을 찬찬히 곱씹었다. 유리에게 해야 할 말이 확실해졌다. 크게 심호흡을 하고 자리에서 일어났다.

아이들의 시선이 일제히 연아에게 쏠렸다. 연아가 유리에게 다가가자 아이들의 눈은 흥미로움으로 반짝거렸다. 유리 곁을 에워싸고 있던 아이들이 연아에게 길을 터 주었다. 유리는 처음 만났을 때처럼 초승달 눈을 하고 연아를 올려다보았다. 연아가 천천히 입을 뗐다.

"유리야, 지윤이가 너를 자꾸 따라 해서 싫었다고 했잖아."

"뭐?"

"지윤이가 너랑 같은 머리핀을 사는 것도, 똑같은 옷을 입는 것도 짜증 난다며. 그래서 6학년 내내 말 한마디 안 붙였다며. 아니야?"

"······."

유리의 얼굴에서 웃음기가 사그라들었다. 연아는 유리를 더 거세게 몰아붙였다.

"그런 애랑 지금은 왜 붙어 다니는 거야? 혹시 나 때문이야?"

지윤의 얼굴이 차갑게 굳었다. 순간 아이들의 시선이 지윤에게 몰려갔다가 우르르 유리에게 돌아왔다. 교실 안에는 팽팽한 긴장감이 흘렀다. 유리의 얼굴이 울그락불그락해졌다. 유리가 애써 아무렇지 않은 척 웃으며 답했다.

"너 작가 해도 되겠다. 어떻게 그렇게 말을 잘 지어내?"

"아니, 작가는 네가 해야 될 것 같은데. 나는 왕따를 당한 적이 없거든."

"······."

"그건 네가 지어낸 거짓말이잖아."

거침없는 연아의 말에 유리가 당황한 듯 말을 더듬거렸다.

"나, 나는 너를 왕따라고 한 적 없어. 그냥 그럴 수도 있다고 한 거지."

유리가 동의를 구하는 눈으로 지윤을 바라보았다. 지윤의 얼굴에 서늘한 미소가 지어졌다. 지윤이 무겁게 다물고 있던 입을 열었다.

"그럼 내가 들은 건 뭔데? 어제 문구점에서 네가 나한테 분명히 연아가 왕따여서 전학 왔다고 했잖아."

"······!"

"아, 진짜, 이유리 짜증 나네. 진즉에 알고 있었는데 또 당했어."

아이들의 날 선 눈이 유리에게 달려들었다. 유리는 아무런 대꾸도 하지 못하고 울먹이기 시작했다. 그러다 급기야 책상에 엎드려 훌쩍였다. 유리 주위에 몰려 있던 아이들은 유리를 다독여 주는 대신 조용하게 흩어져 버렸다.

연아도 자리로 돌아와 앉았다. 괜찮은 척했지만, 다리가 제멋대로 후들거려 두 손으로 지그시 다리를 눌러야 했다.

시원할 것만 같던 마음이 어쩐지 아리고 슬펐다. 1교시가 시작되기 전 유리는 담임의 부축을 받으며 보건실로 내려갔다. 지윤은 자신의 주변으로 몰려든 아이들과 신나게 유리를 씹어 댔다. 아이들은 말도 안 되는 이야기로 유리를 엉망으로 망가뜨렸다. 연아의 이름은 이제 다시 아이들의 입에 오르지 않았다.

유리는 보건실에 있다가 그대로 조퇴를 했다. 연아는 비어 있는 유리의 자리를 바라보았다.

학교에서 나온 연아의 발걸음이 자연스레 유리의 아파트 쪽으로 향했다. 유리와 헤어지기 아쉬워 앉아서 수다를 떨던 벤치 앞에 멈추어 섰다. 무거워질 대로 무거워진 마음이 답답하게 연아를 짓눌렀다.

연아가 주머니를 뒤적여 귓속말 인형을 꺼내 들었다. 인형의 날개가 빛을 잃고 축 늘어져 있었다. 연아는 귓속말 인형을 지그시 바라보다가 벤치 위에 올려놓고 돌아섰다.

연아가 사라진 뒤 수풀 속에서 고양이 한 마리가 나타났다. 고양이는 몸을 흔들어 먼지를 털고는 빨간색 파란색 눈동자를 반짝였다. 고양이가 멀어지는 연아를 지켜보았다.

야옹.

귓속말 인형이 공중으로 포르르 날아올랐다. 인형은 하늘하늘 날개를 움직이며 사뿐히 걸어가는 고양이의 뒤를 쫓았다.

단
짝

—

유빈과 지우

지우는 유빈이 자신이 아니라 다른 아이들과 수행평가 조를 짰다는 게 믿기지 않았다. 자신이 없는 곳에서 웃고 있는 유빈의 모습이 낯설어 보였다. 지우와 유빈은 초등학교 때부터 언제나 함께였다. 단짝이라는 뻔한 관계 때문이 아니었다. 둘은 웃는 순간도, 화가 나는 순간도, 심지어 배가 고픈 순간마저도 딱딱 맞았다. 친구라는 이름으로 함께했던 시간 동안 싸우거나 사소한 의견 충돌조차 전혀 없었다.

조금 전 지우는 수행평가 조를 짜기 위해 유빈에게 다가갔지만, 어쩐지 유빈은 난처한 표정을 지으며 지우의 눈을 피했다. 지우는 직감적으로 유빈이 자신과 다른 마음이라는 걸 알아차렸다. 지우는 그대로 발걸음을 돌려 자기 자리로 돌아왔다. 반 아이들은 원하는 조를 짜느라 분주하게 움직였지만, 지우는 자리를 지키고 앉아 있었다. 유빈과 같은 조가 아니라면 어느 조에 들어가도 상관없었다.

아이들과 함께 교실을 나가던 유빈이 지우에게 돌아와 겸연쩍은 얼굴로 말했다..

"미안, 먼저 갈게. 내일 떡볶이 먹자."

유빈은 자기가 할 말만 쏙 내뱉고는 달아나듯 교실을 빠져나갔다. 지우는 멀어지는 유빈의 뒷모습을 바라보았다. 그때였다.

"배신자."

놀란 지우가 말소리가 나는 쪽으로 고개를 돌렸다. 반에서 가장 큰 무리를 이끌고 있는 인싸 은지가 서 있었다. 은지는 언제나 자신의 무리에 아이들을 모으는 것에 신경 썼다. 얼마 전 전학 온 아이가 다른 무리에 붙자, 한 명이라도 더 자신의 그룹으로 끌어모으기 위해 혈안이 되어 있었다. 그런 은지에게 이제 곧 단짝에게 버림받고 혼자가 될지도 모르는 지우가 타깃이 된 것이다. 은지는 불쌍해 죽겠다는 눈을 하고 지우에게 속닥였다.

"유빈이가 너를 버리고 가장 가까운 곳으로 골랐나 봐."

유빈은 학교 바로 뒤에 있는 비석을 조사하는 조에 들어갔다. 지우의 머릿속에 어지럽게 흩어져 있던 퍼즐이 비로소 맞추어졌다. 은지가 지우의 표정을 살피더니 빠르게 다음 말을 이었다.

"유빈이 수행평가 빨리 끝내고 댄스 학원으로 남친 만나러 가려는 거 아냐?"

지우는 순간 고개를 끄덕이고 말았다. 은지가 이때다 싶은지 지우의 마음을 마구 흔들어 놓았다.

"어떻게 남친 생겼다고 단짝을 버리냐. 쯧쯧쯧."

하마터면 지우는 왈칵 눈물을 쏟을 뻔했다. 은지의 말은 지우가 유빈에게 하고 싶었지만 차마 꺼내지 못했던 말이었다. 먹먹해진 지우를 본 은지의 눈이 확신으로 일렁거렸다. 지우는 곧바로 정신을 다잡고 표정을 감추었다. 자칫 잘못하다간 자신과 유빈이 유빈의 남친 때문에 사이가 벌어졌다는 소문이 날지도 모를 일이었다. 은지라면 충분히 가능했다. 지우가 다급하게 입을 뗐다.

"그게 아니라…… 유빈이가 오늘 급한 일이 있다고 해서……."

은지가 손으로 눈물을 훔치는 시늉을 하며 지우의 말을 뚝 잘랐다.

"야, 감동적이다. 그래도 단짝이라고 감싸주고. 힘들면 언제든지 말해. 우리는 언제나 너와 같이 다닐 준비가 되어 있으니까."

은지는 한쪽 눈을 찡긋하더니 평소 몰려다니던 아이들을 이끌고 교실을 나섰다. 지우는 교실에 남은 아이들을 빙 둘러보았다. 중학생이 되고 내내 유빈과 붙어 다니느라 다른 아이들에게는 관심조차 두지 않았다. 어색한 공기에 습관적으로 핸드폰을 두드려 보았지만 유빈에게서는 역시나 아무런 연락이 없었다.

어영부영 있다가 가게 된 이호 고택은 생각보다 학교에서 멀리 떨어진 곳에 있었다. 그렇지 않아도 서먹한 아이들과 같이 가야 한다고 생각하니 급격하게 피로감이 몰려왔다. 유빈과 함께였다면 이 시간마저 즐거웠을 텐데. 지우는 아쉬움과

서운함이 뒤섞인 마음을 가지고 이호 고택으로 향했다.

고택 지하실에서 만불산을 보았을 때도 지우는 유빈을 가장 먼저 떠올렸다. 털털한 자신과 달리 유빈은 아기자기하고 예쁜 것에 열광했다. 주렁주렁 인형이 매달린 유빈의 가방이 떠올랐다.

지우는 나란히 서서 손을 꽉 붙잡고 있는 쌍둥이 인형을 들여다보았다. 똑같은 얼굴, 똑같은 머리 모양, 똑같은 옷, 똑같은 표정을 짓고 있는 쌍둥이 인형이 꼭 자신과 유빈 같았다. 아니, 자신과 유빈이었으면 했다. 유빈이와 저렇게 꼭 붙어 있을 수 있다면 얼마나 좋을까. 지우는 망설임 없이 쌍둥이 인형을 손에 쥐고 고택을 빠져나왔다. 인형 하나를 어서 유빈에게 나눠 주고 싶은 마음에 발걸음이 점점 빨라졌다.

동네에 도착하자마자 지우는 전화부터 걸었지만 유빈은 받지 않았다. 지우는 손에 쥔 쌍둥이 인형을 만지작거리며 수학 학원으로 향했다. 사실 수학 학원에 가 봐야 그곳에서도 지우는 혼자였다. 지난달까지 유빈과 함께였는데, 유빈이 이번 달에 수학 학원을 끊고 남자친구가 있는 댄스 학원에 등록했기 때문이다.

유빈의 남친은 꿈이 아이돌 연습생이라고 했다. 아이돌이 꿈이라기에는 얼굴도 노래도 춤 실력도, 누가 봐도 많이 부족한 아이였다. 하지만 유빈의 눈에는 그런 남친이 달리 보이는 것 같았다. 유빈은 꿈을 위해 최선을 다하는 남친이 그 어떤 아이돌보다 더 멋있다고 했다. 인정하고 싶지 않았지만 유빈의 눈에는 약도 없다는 초울트라 슈퍼 콩깍지가 씌이고 만 것이었다.

갑자기 남친이 생겨 버린 단짝. 지우는 이 상황이 이렇게 힘들 거라고는 전혀 예상하지 못했다. 처음에는 그저 같이 있는 시간이 조금 줄어든다는 아쉬움이 다일 줄 알았다. 그러나 유빈은 생각보다 많은 시간과 감정을 처음 사귄 남친에게 쏟아부었다. 지우는 그런 유빈이 서운했지만 그렇다고 초등학교 내내 곁을 지켜주었던 유빈을 언제 헤어질지도 모르는 남친 때문에 배신자로 만들 순 없었다. 지우는 혼자 있는 모습을 누군가에게 들킬까 서둘러 학원 건물로 발걸음을 옮겼다.

학원 수업이 끝나고 건물 밖으로 나오니 하늘은 온통 연보라색으로 물들어 있었다. 하늘이 예뻐서일까. 지우는 유빈이 더 간절하게 생각났다. 아름다운 것도 혼자 보면 슬퍼진다는 걸 새삼 깨닫게 되는 요즘이었다. 울적한 마음에 핸드폰을 꺼내 보았지만 새로 온 메시지는 없었다.

혹시 유빈에게 무슨 일이 있는 걸까. 지우는 유빈과의 톡방에 들어가 보았다. 그새 유빈의 프로필 사진이 바뀌어 있었다. 보랏빛 하늘을 향해 한 손과 한 손을 모아 만든 하트. 누가 봐도 그건 유빈과 남친의 손이었다. 순간 행복해서 발그레해진 유빈의 얼굴이 떠올랐다. 지우의 마음이 끝도 없이 가라앉았다.

집에 돌아와도 지우는 딱히 할 일이 없었다. 유빈과 영상 통화를 하며 못다 한 이야기들로 웃고 떠들었던 시간이 이제는 텅 비어 버렸다. 하릴없이 시간을 흘려보내던 지우가 불현듯 주머니에서 쌍둥이 인형을 꺼내 들었다. 이 인형을 나눠 주면 떠났던 유빈의 마음이 다시 돌아올까.

지우는 두 손을 맞잡고 있는 쌍둥이 인형을 있는 힘껏 떼어 냈다. 아니, 떼어 내려고 시도했다. 하지만 아무리 힘을 주어 보아도 인형의 손은 떨어지기는커녕 더 단단하게 맞잡는 느낌마저 들었다. 순간 지우의 마음이 부러움으로 요동쳤다. 유빈과도 이렇게 단단한 관계가 될 수 있다면. 폭 한숨을 내

쉰 지우가 쌍둥이 인형을 책가방 안에 집어넣었다.

다음 날, 지우는 눈을 뜨자마자 서둘러 집을 나섰다. 쌍둥이 인형을 유빈에게 줄 생각에 마음이 급해졌다. 교실에 도착하자마자 자리에 앉아 쌍둥이 인형을 손에 꼭 쥐어 보았다. 교실 문으로 들어오는 아이들의 얼굴을 하나하나 확인했다. 얼마 지나지 않아 해맑게 웃고 있는 유빈의 얼굴이 보였다. 지우가 설레는 마음으로 쌍둥이 인형을 내려다보았다. 햇살에 비친 인형의 입꼬리가 기분 좋게 올라가 있었다.

지우가 잽싸게 자리에서 일어나 다짜고짜 유빈의 손을 끌고 교실을 나갔다.

"왜 그래? 무슨 일 있어?"

유빈의 다급한 물음에 지우는 대답도 하지 않고 유빈을 화장실로 잡아끌었다. 수업을 시작하기 전 유빈에게 인형을 전해 줘야 한다는 생각뿐이었다. 무작정 유빈을 비어 있는 화장실 칸으로 몰아넣었다. 침을 꼴깍 삼킨 지우가 손을 내밀어 인형을 건넸다.

"선물."

갑작스러운 지우의 행동에 그렇지 않아도 동그란 유빈의

눈이 더 커다래졌다.

"이게 뭐야?"

"쌍둥이 인형."

"……."

"어제 이호 고택에 갔었는데, 거기 엄청 반짝거리는 뭔가가 있었거든. 하여튼 너랑 우정템으로 나눠 가지려고 가져왔어."

지우가 주저리주저리 어제의 이야기를 늘어놓았다. 어쩐지 유빈의 눈이 슬금슬금 작아졌다. 유빈은 인형을 심드렁한 눈으로 바라보기만 할 뿐 어떤 말도 하지 않았다.

"이거 나누어 갖자."

지우는 다급하게 쌍둥이 인형을 떼어 내려고 안간힘을 썼다. 역시나 인형의 두 손은 딱 달라붙어 좀처럼 떨어질 기미를 보이지 않았다. 지우는 자신을 도와주지 않는 유빈에게 불만 섞인 말을 내뱉었다.

"가만히 있지만 말고, 이것 좀 잡아봐."

당황한 유빈이 한쪽 쌍둥이 인형을 잡았다. 지우가 힘을 주자 인형의 손에서 투둑 소리가 나기 시작했다. 조금만 더 힘을 주면 인형의 손을 떼어 낼 수 있을 것만 같았다. 그때 유빈이 심드렁하게 말했다.

"꼭 이렇게까지 해야 해?"

"뭐?"

"예쁘지도 않잖아. 너무 똑같이 생겨서 무섭단 말이야."

"……."

한껏 달아오른 지우의 마음이 순식간에 차갑게 식어 버렸다. 지우가 애써 나쁜 감정을 누르며 유빈을 다독였다.

"그러니까 나는 이 쌍둥이 인형처럼 우리도 영원히 함께하자는 의미로……."

수업 예비종이 울렸다. 유빈은 기다렸다는 듯 돌아섰다. 지우가 유빈을 잡아 세웠다.

"오늘 우리 떡볶이 먹으러 가는 거지?"

"어? 응."

말을 마친 유빈이 입꼬리를 한쪽만 끌어올리며 웃어 보였다. 이건 유빈이 진짜 어색할 때 짓는 표정이었다. 지우는 유빈의 얼굴이 마음에 걸렸지만 아무 말도 하지 못했다. 유빈이 떠난 후, 쌍둥이 인형을 내려다보았다. 인형의 눈꼬리가 금방이라도 눈물을 터트릴 듯 아래로 축 처져 있었다.

"수업 종 쳤는데 여기서 뭐 해?"

은지였다. 은지가 호기심 가득한 눈을 반짝였다. 지우는
괜한 꼬투리라도 잡힐까 서둘러 둘러댔다.

"유빈이랑 우정템 나눠 가졌어."

"오, 둘의 아름다운 우정 다시 시작?"

지우는 은지가 자신의 말을 곧이곧대로 믿지 않는다는 걸
누구보다 잘 알고 있었다. 은지의 비아냥거림이 지우의 자존
심을 건드렸다. 지우는 보란 듯 어깨를 쫙 펴고 화장실을 나
와 교실로 향했다. 은지의 시선이 등에 따갑게 꽂혔지만 돌
아보지 않았다. 그랬다간 자신의 슬픈 눈을 금세 들켜 버리고
말 것 같았다.

유빈과 붙어 있고 싶은 마음에 지우는 수업 시간에도 쌍둥
이 인형을 책상 서랍 속에 넣고 만지작거렸다. 아까 힘을 주
어 떼어 내서 생긴 틈에 손가락을 대고 쓸어 보았다. 가슬가
슬한 감촉 때문일까. 지우의 마음이 아릿했다. 쉬는 시간에도
지우는 아이들에 둘러싸인 유빈을 지켜봐야만 했다.

사실 유빈은 요즘 남친이 있는 아이들과 모여서 자주 수다

를 떨곤 했다. 유빈 옆에 모인 아이들은 무슨 이야기를 나누는지 저마다 심각한 표정을 지으며 머리를 맞대고 수군거렸다. 지우는 자신이 모르는 유빈의 모습이 늘어 가는 것 같아 마음이 불안해졌다. 지우가 서랍 속에서 만지작거리던 쌍둥이 인형을 슬그머니 꺼내 보았다. 꽉 잡고 있던 인형의 손이 조금 헐거워진 것도 같아 보였다. 지우는 괜히 쓸쓸해졌다.

드디어 마지막 교시의 끝을 알리는 종이 울렸다. 지우가 마음속으로 환호성을 질렀다. 오늘은 오랜만에 유빈과 단둘이서 떡볶이를 먹기로 한 날이었다. 전에는 유빈과 이런저런 이야기를 하며 시간을 보내는 게 일상이었는데, 요즘은 유빈과의 시간이 기다리고 기다려야 할 이벤트가 되어 버렸다. 이번 약속도 2주 전부터 어렵게 잡아 놓은 것이었다.

지우는 서둘러 책가방을 챙겨 유빈의 자리로 달려갔다. 유빈이 지우의 눈치를 살피다가 어렵게 입을 뗐다.

"지우야, 미안한데 떡볶이 다음에 먹으면 안 될까? 오늘은 엄마가 집에 빨리 오라고 해서……."

유빈이 눈도 제대로 맞추지 못하고 시선을 떨구었다. 순간 지우는 마음이 상해 표정 관리가 되지 않았다. 도대체 무슨 일이냐고 다그쳐 볼까, 저녁에라도 같이 놀자고 말해 볼까. 이런저런 생각들이 지우의 머릿속을 어지러이 떠다녔다. 그러다 멀찍이 서 있는 은지와 눈이 딱 마주치고 말았다. 은지는 대놓고 유빈과 지우를 흥미롭게 지켜보고 있었다. 지우가 서운함을 숨긴 채 부러 큰소리로 대답했다.

"난 또 뭐라고. 너희 엄마 무서운 거 내가 제일 잘 알지. 괜찮아. 떡볶이야 뭐 언제든지 먹을 수 있잖아."

지우의 말에 유빈이 활짝 웃어 보였다. 그제야 은지는 지우와 유빈에게서 관심을 거두고 무리와 교실을 떠났다. 교실 안은 어느새 텅 비어 있었다.

그때였다. 어디선가 숙덕대는 작은 목소리들이 들렸다.

─ 에이, 거짓말. 남자친구 만나러 갈 거면서.

─ 아닐 거야. 유빈이가 단짝 지우에게 거짓말을 할 리가 없잖아.

지우의 심장이 쿵 하고 발아래로 떨어져 내렸다. 도대체 뭐지? 지우는 본능적으로 속닥이는 소리를 따라 귀를 대어 보았다. 그 속닥거림은 바로 등 뒤에 메고 있던 책가방 안에서 나는 소리였다. 설마. 지우가 가방을 뒤적여 쌍둥이 인형을 꺼냈다. 인형 둘은 아무 일 없었다는 듯 입을 다문 채 서로의 손을 꼭 붙잡고 있을 뿐이었다.

"지우야, 이제 그만 가자."

유빈의 재촉에 지우는 그만 의문을 지우고 쌍둥이 인형을 다시 가방에 집어넣었다. 정말 인형의 목소리였을까. 궁금했지만 지금 당장 확인할 방법은 없었다.

교실을 나온 지우가 여느 때처럼 유빈과 팔짱을 끼고 재잘거리며 걸어갔다. 유빈과 이야기하는 동안은 예전으로 돌아간 듯 편안하고 행복했다. 조금 전 일은 금세 잊어버리고 말았다.

교문을 나서자 유빈이 지우의 팔짱을 슬쩍 뺐다. 유빈은 핸드폰을 만지작거리며 지우의 말을 흘려듣고 있었다. 지우는 모른 척하려고 했지만 유빈의 행동 하나하나가 신경이 쓰였다. 유빈의 만류에도 불구하고 지우는 유빈을 아파트 정문까지 바래다주었다.

유빈이 미안하다는 말을 말끝에 버릇처럼 붙였다. 지우는 유빈의 말이 진심일까 의문이 들기도 했으나 차마 묻지 못했다. 겉으로는 웃고 있었지만 찜찜한 기분은 좀처럼 떨쳐지지 않았다. 유빈을 의심하는 뾰족한 생각들이 불쑥불쑥 튀어 올라왔다.

"너 정말 괜찮은 거지?"

아파트 정문에 다다라 유빈이 발걸음을 멈추고 물었다. 유빈의 눈에는 미안함이 어려 있었다. 순간 지우는 유빈을 믿지 못하고 의심했던 마음을 밀어냈다. 유빈은 거짓말을 하는 아이가 절대 아니다. 지우가 살짝 미소를 띠며 말했다.

"내가 널 이해 못 하면 누가 널 이해하겠냐. 안 그래?"

이건 진심이었다. 유빈이 환하게 웃었다. 지우가 어서 가라며 유빈의 등을 떠밀자, 유빈이 기다렸다는 듯 발걸음을 뗐다. 유빈은 몇 번 뒤를 돌아보다가 아파트 단지 안으로 들어갔다. 지우는 유빈이 안 보일 때까지 손을 흔들었다.

그때 또다시 속닥거림이 들려왔다.

– 우아, 친구를 너그럽게 이해해 주는 지우 정말 멋있다.

– 멋있긴, 개뿔. 지우는 바보야. 어떻게 저런 거짓말에 속지? 아휴, 답답해.

– 조용히 해. 지우가 듣겠어.

– 들으라 그래. 들으라고 하는 소리니까.

- 뭐라고? 넌 왜 항상 네 마음대로야.

- 내가? 난 너 때문에 못 하는 게 훨씬 더 많은데, 뭔 소리 하는 거야.

티격태격이 길어지면서 둘의 목소리가 격앙되기 시작했다. 지우가 책가방 끈을 부여잡고 사람이 없는 화단 쪽으로 살금살금 걸어갔다. 말소리는 자신의 책가방 안에서 들려오고 있는 게 분명했다.

지우는 가방을 앞으로 돌려 메고 얼른 지퍼를 열었다. 손을 쑥 집어넣어 재빨리 쌍둥이 인형을 꺼냈다. 미처 화난 표정을 지우지 못한 둘의 얼굴이 어색하게 일그러져 있었다. 똑바로 정면을 바라보고 있던 인형의 얼굴은 양옆으로 비스듬하게 돌려져 있었다. 꽉 잡고 있던 손은 금세라도 떨어질 듯 덜렁거렸다. 손 위로 가 있는 금이 더 선명해져 있었다.

"혹시…… 너희가 말한 거야?"

인형에 대고 물었지만, 역시나 인형은 시치미를 뚝 떼고는 아무 대답도 하지 않았다.

뭔가 잘못됐어.

지우의 심장이 덜컹거렸다. 순간 이호 고택에서의 일을 떠올렸다. 지하실에 불던 바람, 반짝이며 한 방향으로 돌던 만불산, 그 속에서 움직이던 작은 인형들, 자신의 눈을 단번에 사로잡았던 쌍둥이 인형까지. 다시 생각해 보니 수상쩍기 그지없었다.

지우는 유빈이 생각났다. 유빈이라면 분명 이 이상한 상황을 믿어 줄 것이다. 지우는 어서 유빈에게 모든 것을 털어놓고 싶었다. 주머니를 뒤적여 핸드폰을 꺼내 유빈에게 전화를 걸었다. 핸드폰을 귀에 대고 초조하게 눈으로 유빈의 단지 쪽을 바라보는데 거짓말처럼 다시 유빈이 나타났다. 유빈은 총총거리며 아파트를 나서고 있었다. 옷만 달라졌을 뿐 분명 아까 헤어진 유빈이 확실했다. 청치마에 분홍색 후드티를 입은 유빈은 한껏 들뜬 얼굴로 어딘가를 향해 바쁘게 달려가고 있었다.

- 내 말이 맞지! 유빈이는 지우에게 거짓말하고 남친 만나러 가는 거라니까.

- 설마…… 다른 급한 일이 있겠지.

- 답답하긴. 내 말이 맞는지 네 말이 맞는지 따라가 보면 알 거 아냐.

지금 인형들이 말을 한다는 사실 따위는 중요하지 않았다. 지우는 유빈이 자신에게 거짓말을 한 것인지 아닌지, 진실이 알고 싶었다. 지우는 인형을 주머니에 아무렇게나 쑤셔 넣고 유빈의 뒤를 밟았다. 유빈은 분명 엄마를 만나러 가는 길일 거야. 아무리 주문을 걸어 보아도 지우의 마음은 불길함으로 빵빵하게 부풀어 올랐다.

　유빈은 동네에 새로 생긴 버블티 가게 앞에 섰다. 창으로 비치는 자신의 모습을 보며 앞머리 정리를 했다. 유빈이 귀찮다며 질색했던 앞머리를 자르게 된 것도 남친이 생긴 후부터였다. 유빈은 한껏 미소를 띤 채 가게 안으로 들어섰다.

　지우가 조심스럽게 버블티 가게로 가까이 다가갔다. 떨리는 마음을 진정시키며 가게 유리창 안을 들여다보았다. 지우는 한눈에 유빈이 만나러 간 사람을 알아보았다. 유빈의 남친이었다.

　남친 앞의 유빈은 아까 지우 앞에서 미안함에 눈물을 글썽거리던 아이가 맞나 싶을 정도로 생글생글 웃고 있었다.

　- 봐, 내 말이 맞지?

　- ……그나저나 지우 속상해서 어떡해.

– 어떡하긴 오히려 잘된 일이지. 이제라도 유빈이를 놔 줘야지.

– 말이 너무 심한 거 아냐. 유빈이랑 지우는 단짝이라고!

– 쳇, 단짝이 뭐 대수라고.

– 내가 너 같은 애랑 이러고 있다니, 정말 싫다.

– 내 말이 그 말이야.

인형들은 쏙닥거리다가 끝내 대놓고 싸우기 시작했다. 더이상 지우에게 들킬까 봐 신경 쓰는 것 같지도 않았다. 지우도 인형의 상황까지 살필 여력이 없는 건 마찬가지였다. 눈앞의 일들로 정신을 차릴 수 없을 만큼 혼란스러웠다.

남친이 미리 주문해 둔 버블티를 유빈에게 내밀었다. 순간 유빈의 볼이 후드티 색과 같은 분홍빛으로 물들었다. 유빈은 지우가 한 번도 본 적 없는 얼굴을 하고 있었다. 지우에게 행복한 순간은 항상 유빈과 함께였는데, 유빈은 지우가 없이도 충분히 행복해 보였다. 슬프지만 인정할 수밖에 없었다.

유빈과 남친이 버블티 가게를 나섰다. 지우는 서둘러 길가에 세워진 간판 뒤로 몸을 숨겼다. 이렇게 아무 대책도 없이 유빈과 마주칠 수는 없는 노릇이었다. 지우는 간판 너머로 유빈을 살폈다. 유빈과 남친은 서로 희희낙락거리며 노래방이 있는 건물로 들어갔다. 유빈의 노래에 맞춰 삐거덕거리며 춤을 추는 남친의 모습이 떠올라 지우의 입에서 쓴웃음이 흘러나왔다.

　- 유빈이는 왜 거짓말을 한 걸까.

　- 이유야 뻔하지. 지우보다 남친이 좋으니까.

　- 사람의 마음은 그렇게 쉽게 단정 지을 수 없는 거야.

　- 네가 사람의 마음을 어떻게 알아? 인형이면서. 킥킥.

　인형의 말이 거슬렸다. 지우가 신경질적으로 주머니에서 인형을 꺼내 들었다. 지우는 눈에 잔뜩 힘을 주고 인형을 노려보았다. 헐거워질 대로 헐거워진 인형의 손이 덜덜 떨리는 것도 같았다. 주체할 수 없던 지우의 분노가 불쑥 인형에게 옮아갔다.

　"그렇게 싸울 거면 떨어져 버려."

　지우가 쌍둥이 인형의 양 끝을 단단히 잡고 사정없이 비틀어 대기 시작했다. 삐그덕대는 소리가 났지만 멈추지 않았다. 인형들은 괴로운 듯 얼굴을 일그러뜨렸다. 지우는 아랑곳없이 인형들을 떼어 내려고 더욱 안간힘을 썼다.

- 으악, 유빈이다!

인형의 말에 퍼뜩 정신이 들었다. 유빈과 남친이 노래방이 있는 건물에서 나왔다. 지우는 유빈과 함께 웃고 울었던 지난 날들이 다 거짓말처럼 느껴졌다. 유빈과 자신의 우정은 견고한 벽돌집이 아니라 종이로 지은 집에 불과했다고 생각하니 억울해졌다.

- 지우야, 절대 울지마. 네가 뭘 잘못했다고 울어. 이건 전적으로 유빈이 잘못이라고.

- 친구끼리 잘잘못을 따지는 게 어디 있어.

- 왜 없어. 거짓말을 한 사람이 누군데.

- 분명히 유빈이에게도 말 못 할 사정이 있었을 거야.

- 아까부터 똑같은 소리는. 이 손 놓고 싶어 죽겠어.

- 아파, 그만해.

물끄러미 손에 들린 쌍둥이 인형을 내려다보았다. 서로 맞잡은 인형의 두 손에 실금이 잔뜩 가 있었다. 피가 희미하게 새어 나오는 것도 같았다. 딱 달라붙어 있던 둘의 손은 어느새 붉은 상처들로 가득했다.

지우가 다시 유빈에게 시선을 옮겼다. 유빈도 자신의 손을 놓고 싶었던 걸까. 지우의 생각이 결말을 향해 달려가고 있었다. 유빈과 남친이 다시 발걸음을 뗐다. 지우는 멀찍이서 그들의 뒤를 쫓았다. 끊이지 않는 둘의 웃음소리가 지우의 마음을 긁어 댔다. 지우는 쌍둥이 인형을 꽉 움켜쥐고 둘을 따랐다.

유빈과 남친은 대형 서점에 들러 서로 좋아하는 아이돌 음반을 산 다음 함께 유빈의 집 방향으로 향했다. 지우는 문득 둘을 따라가는 걸 포기해야 할까 생각하기도 했지만 오늘 유빈과 어떻게든 마무리를 짓고 싶었다.

유빈과 남친이 아파트 정문 앞에 멈춰 섰다. 지우는 으슥한 화단에 몸을 숨기고 둘을 훔쳐보았다. 남친은 잠시 머뭇거리다가 유빈에게 작은 인형을 내밀었다.

"이거 받아. 우리의 투투 데이를 기념하려고 준비했어."

"이게 뭐야?"

"널 닮은 토끼 인형이야."

"난 아무것도 준비 못 했는데……."

유빈의 볼이 붉게 달아올랐다. 남친은 부끄러운 듯 뒤통수를 긁적이더니 뒤돌아 빠르게 걸어갔다. 유빈이 다급하게 남친을 불러 세웠다.

"고마워."

유빈이 손을 흔들어 보이자 남친이 더 크게 손을 흔들고 멀어졌다.

─ 뭐야. 지우 마음엔 대못을 박아놓고, 자기는 좋아 죽네.

─ 지우 정말 속상하겠다.

─ 지우는 왜 유빈에게 거짓말을 했냐고 따지지 않는 거야. 아휴, 답답해.

─ 다음에 천천히 다시 얘기하려는 거겠지.

순간 지우의 마음에 결심이 섰다. 유빈의 기분을 제대로 망쳐 줄 때는 지금이라는 생각이 들었다. 지우가 성큼성큼 아파트 단지 안으로 걸어 들어갔다. 유빈은 손에 들린 토끼 인형을 흐뭇하게 바라보고 있었다. 유빈에게 가까이 다가간 지우가 냅다 소리를 내질렀다.

"정유빈, 이 거짓말쟁이!"

그제야 지우를 발견한 유빈의 눈이 마구 떨렸다. 유빈은 마른침을 연달아 삼켜 댈 뿐 아무 말도 하지 못했다. 분명 무슨 변명을 해야 할지 생각하고 있을 것이다. 지우는 틈을 주지 않고 유빈을 공격했다.

"나 따돌리고 남친이랑 재밌었냐?"

당황해서 어쩔 줄 몰라 하던 유빈의 눈빛이 갑자기 돌변했다. 유빈의 눈은 눈물은커녕 분노로 활활 불타올랐다. 유빈의 입에서 거친 말이 튀어나왔다.

"그래, 엄청 즐거웠다. 어쩔래?"

이건 지우도 전혀 예상하지 못한 상황이었다. 지우가 알고 있던 유빈이라면 미안하다고 매달리며 어떻게든 지우의 마음을 풀어주기 위해 노력했을 것이다. 생각지도 못한 유빈의 말에 오히려 지우가 주춤거렸다. 이번에는 유빈이 그 순간을 놓치지 않았다.

"오늘 나 투투 데이인 것도 몰랐지?"

"……."

"다른 애들은 단짝이 남친 생기면 투투 데이에 파티도 해 주고 선물도 주고 그런다던데. 나는 너 눈치 보느라 거짓말이나 하고."

인정하고 싶지 않았지만 유빈의 말은 사실이었다. 그러고 보니 얼마 전 지우는 유빈에게 '투투'라는 단어를 들은 것도 같았다. 하지만 굳이 기억하고 싶지 않아 듣는 둥 마는 둥 흘려 버렸다.

– 그래서 뭐 어쩌라고? 잘못은 자기가 해 놓고 따지는 거봐라. 어서 싸워, 그리고 이겨.

– 그만해. 우정도 중요하단 걸 유빈이도 잘 알 거야.

– 하나 마나 한 이야기 그만해.

– 이건 우릴 위한 말이기도 해.

– 어휴, 지겨워. 이제 너랑 다시는 말 안 해.

일순간 인형들이 조용해졌다.

지우는 있는 힘을 다해 유빈에게 소리를 내질렀다.

"그러는 너는 나한테 신경이라도 썼어!"

"……."

"학교에서도 혼자, 학원에서도 혼자. 그동안 너랑만 다니느라 다른 애들이랑은 말도 제대로 못 해 본 거 뻔히 알면서."

꽉 쥐고 있던 지우의 손이 부들부들 떨리고 있었다. 지우는 손에 든 인형의 외마디 비명이 들리는 것도 같았지만 싹 무시해 버렸다. 지금 지우는 어떻게 해서든 유빈을 이기고 싶어 안달이 났다. 하지만 유빈도 만만치 않았다. 유빈이 매서운 눈으로 쏘아붙였다.

"너 은지한테 내가 남친 생기더니 변했다고 욕했다며?"

"뭐?"

자신과 유빈을 보며 앙큼하게 웃던 은지의 얼굴이 떠올랐다.

"그래도 난 널 믿었는데……."

유빈의 한숨 섞인 말에도 지우는 더 이상 변명하지 않았다. 속으로 백번 천번 유빈을 씹어 댔으니까. 유빈과 남친이 헤어지기를 누구보다 바라고 기도했으니까. 어쩌다 저런 아이와 친구가 되었는지 자신을 원망하기까지 했으니까.

우지끈. 그때 지우의 손안에 있던 쌍둥이 인형이 끝내 두 쪽으로 부서지고 말았다.

"너, 너 손에 피……."

유빈은 눈을 커다랗게 뜨고 지우의 손을 바라보았다. 그제야 지우가 쓰라린 자신을 손을 내려다보았다. 두 조각나 버린 인형이 자신의 손바닥에 딱 달라붙어 있었다. 질겁해 손을 흔들어 보았지만 인형은 꼼짝도 하지 않고 지우의 손바닥에 매달려 있었다.

"아악! 떨어져!"

지우가 인형을 손에서 떼어 내려고 하면 할수록 인형의 손은 이제 서로가 아닌 지우의 손에 달라붙었다. 지우의 손에서 뚝뚝 붉은 핏방울이 떨어졌다. 핏방울은 인형의 손과 눈, 코, 입에서 사정없이 흘러내리고 있었다.

어쩔 줄 몰라 하는 지우에게서 유빈이 한 발짝 두 발짝 뒷걸음질 쳤다. 지우가 도와달라고 말할 새도 없이 유빈은 지우에게서 도망치듯 멀어지고 있었다. 그런 유빈의 뒷모습에 지우는 원망과 서러움이 한꺼번에 밀려왔다.

"이게 다 너희들 때문이야."

지우는 손바닥에 매달려 있는 쌍둥이 인형을 다른 손으로 단단히 그러쥐었다. 인형에 달라붙어 있는 살갗이 팽팽하게 딸려 올라왔지만, 신경 쓰지 않았다. 어서 인형을 떼어 버리고 싶은 마음뿐이었다. 지우가 손에 힘을 잔뜩 주고 인형을 잡아당겼다.

인형이 살갗과 함께 떨어져 나갔다. 지우는 겁에 질려 인형을 그대로 바닥에 내동댕이쳤다. 지우의 손바닥에 시뻘건 상처가 남았다. 지우는 상처가 난 손을 꼭 쥐고 발걸음을 떼었다. 무거워질 대로 무거워진 마음에 지우의 고개는 점점 아래로 떨구어졌다.

어느샌가 고양이 한 마리가 나타났다.

야옹.

고양이의 가느다란 울음소리에 두 조각이 나서 바닥을 나뒹굴던 쌍둥이 인형이 데구루루 굴러와 철썩 두 손을 다시 맞잡았다. 언제 그랬냐는 듯 핏자국도 말끔히 사라지고 없었다.

고양이가 빨간색 파란색 오드아이를 빛내며 물끄러미 쌍둥이 인형을 내려다보았다. 인형들이 조잘거리기 시작하자 고양이가 인형을 냉큼 입에 물었다. 고양이는 사뿐사뿐 소리 없이 어둠 속으로 사라졌다.

에
필
로
그

—

인형의 비밀

고양이는 분주한 거리를 지나 한적한 산길을 거쳐 어느새 이호 고택 앞에 도착했다. 고양이가 고택 담장 위로 펄쩍 뛰어오르더니 이내 마당으로 뛰어내렸다. 지하실로 향하는 계단을 밟고 내려가 살짝 열린 문틈으로 익숙하게 몸을 밀어 넣었다. 어두운 지하실을 가로질러 한가운데 우뚝 서 있는 만불산 앞에 다다랐다. 입에 물고 있던 인형을 만불산 안 빈자리에 살포시 올려두었다.

　　어둑한 지하실 한가운데 만불산이 홀로 반짝이고 있었다. 인간은 언제나 빛나는 물건에 마음을 두었다. 이호 고택에서 마지막으로 살았던 일본인 장군도 마찬가지였다. 고양이가 늘어지게 하품을 하고는 앞발을 가지런히 포개어 엎드렸다. 그때의 기억이 꿈결에 몽글몽글 떠올랐다.

장군은 이호를 억울하게 죽음으로 몰아넣고 무자비하게 이 집을 빼앗았다. 사실 외딴곳에 있는 이 집 자체보다는 이 집을 그득 채우고 있는 진귀한 물건들에 마음을 홀딱 빼앗겼다. 이호는 외국 사신을 관리하던 관료였는데, 세계를 돌아다니며 물건을 수집했다. 그는 특히 인형에 관심이 많았다. 장군은 가지면 가질수록 더 갖고 싶어 안달이 났다. 전국 각지의 인형들과 신기한 물건들을 미친 듯이 긁어모았다.

장군에게 가족이라고는 어린 딸 하나뿐이었다. 잔병치레가 잦아 방에서 홀로 지내는 날이 많은 아이였다. 아이는 장군과 다르게 물건보다는 생명이 있는 것들에 관심을 두었다. 창으로 날아드는 나비와 대화를 나누었고, 창틈에 핀 꽃에게도 말을 걸 만큼 따뜻한 심성을 지니고 있었다.

고양이는 자신이 아이의 눈에 띈 것이 얼마나 다행인지 지금도 감사했다. 아이는 여기저기 상처투성이인 고양이를 장군 몰래 지하실에서 보살펴 주었다.

그러던 어느 날 아이가 이유 없이 시름시름 앓기 시작했다. 장군은 유명하다는 명의와 점쟁이들을 수소문해 집으로 데려왔다. 하지만 슬프게도 아이를 고칠 수 있는 사람은 단한 명도 없었다.

그러던 어느 날, 허름한 차림새의 소년이 피리 하나를 들고 장군의 집에 찾아왔다. 소년은 자신이 아이를 살리면 작은 인형을 하나 달라고 공손하게 청했다. 장군은 그러겠다고 약속을 했고, 소년은 피리를 마음을 다해 연주하기 시작했다. 얼마 뒤 침대에 축 늘어져 있던 딸이 거짓말처럼 자리를 털고 일어났다.

장군은 딸의 회복에 기뻐하던 것도 잠시 소년의 피리가 욕심이 났다. 급기야 답례로 줄 인형을 가지고 오겠다고 거짓말을 하고는 총을 가지러 방을 나섰다. 다시 돌아와 보니 소년은 온데간데없이 사라지고, 딸은 작은 인형이 되어 침대 위에 놓여 있었다. 그날 밤 고택에는 한 발의 총성이 울렸다.

고양이는 침대 위 인형을 입에 물고, 고택 지하실로 향했다. 고택의 지하실에는 장군이 가장 아끼던 만불산이 빛나고 있었다. 고양이는 만불산의 가장 위 밝은 곳에 인형이 된 아이를 놓아 주었다.

고양이가 스르륵 감기려던 눈을 부릅떴다. 고양이의 눈에 만불산의 불빛이 어려 반짝거렸다. 고양이는 만불산 꼭대기의 아이와 가만히 눈을 맞추었다.

내 마음과
마주하는 시간

    글을 쓸 때면 내밀한 저와 마주하게 됩니다. 어딘가 부족하고, 모나고, 보기 싫은 모습에 두 눈을 질끈 감을 때가 한두 번이 아니지만 바로 그 빈 구석에서 시작하는 게 또한 저의 이야기입니다. 이 책을 쓰면서 만난 다섯 명의 아이들 또한 어쩌면 모두 저의 한 부분일지 모르겠습니다. 다섯 명의 아이들이 가진 욕망은 비틀리고 때때로 아슬아슬 선을 넘나들지만, 어쩌면 누구에게나 있는 마음일 것입니다.

    친구에 대한 집착이 스토킹으로 번져 버린 윤슬, 따끔한 첫사랑의 아픔에 허우적대고 있는 귤희, 질투로 인해 저질렀던 잘못으로 깊은 죄책감에 시달리고 있는 수영, 귓속말을 통해 친구의 속마음을 알게 되며 당혹해하는 연아, 단짝을 영원히 자신 곁에 묶어 놓고 싶은 지우. 닮은 듯 다른 다섯 명의 아이들은 인형을 갖게 되면서 끝내 감정의 밑바닥을 마주하게 되지요. 일그러진 자신의 내면과 말입니다.

현실에서 내가 아닌 누군가의 마음이 되어 본다는 것은 참으로 어려운 일입니다. 하지만 이야기를 읽다 보면 자연스럽게 누군가의 마음이 되곤 합니다. 그렇게 누군가의 시선으로 세상을 바라보다 보면 그동안 보이지 않았던 것들이 보이기도 하고, 느껴지지 않았던 감정들이 일어나 낯설어지기도 하지요. 하지만 분명한 건 그 경험을 통해 변화할 수 있다는 것입니다. 하루에도 수십 개의 감정들이 마음에 일어났다가 사라집니다. 오래 간직하고 싶은 감정도 있지만, 누가 볼까 마음속 깊숙이 감춰 두고 싶은 감정도 있습니다. 제가 그랬던 것처럼 이 책을 읽는 동안 여러분의 마음속에 있는 수많은 감정들을 꺼내 보길 바랍니다. 그리고 그 시간을 통해 자신을 깊숙이 들여다볼 수 있었으면 좋겠습니다.

김진형